Alfred Gulden

Die Leidinger Hochzeit

Roman

Dieses Buch erschien erstmals 1984 im List Verlag München·

Weitere Informationen über den Verlag und sein Programm unter:
www.allitera.de

Oktober 2009
Allitera Verlag
Ein Verlag der Buch&media GmbH, München
© 2009 Buch&media GmbH, München
Umschlaggestaltung: Kay Fretwurst, Freienbrink unter Verwendung einer Grafik
aus Grandville, »Scènes de la Vie privée et publique des Animaux«, Paris 1842
Herstellung: Books on Demand GmbH, Norderstedt
Printed in Germany · ISBN 978-3-86906-071-2

Inhalt

Kapitel I · 7
Kapitel II · 17
Kapitel III · 52
Kapitel IV · 79
Kapitel V · 97
Die Hochzeitsleute · 120

Kapitel I

Diese Seite, die andere,
dazwischen das Niemandsland,
sagt der Lehrer.

Wie die Landschaft sich schräg legt!
 Da schmiert Gelb über Grün das nach Braun ins Weiß zu Rot wieder ins Grün auf Gelb verwischen die Ränder ineinander die Flächen nicht scharf mehr abzugrenzen die vielen verschiedenen Grün zerlaufen sich in den Sonnenstreifen aus Wolkenrissen dunkeln dann wieder ein verziehen die Formen biegen sich Linien weg vom Geraden die Winkel springen runden sich Kanten die Ecken verzittern.
Aufgefangen.
Jetzt wieder:
Wiesen … die Äcker … die Wege … der Bach … die Bäume … Rapsfelder … das Dorf … Dächer … zwei Kirchen … die Türme … die Straßen … Pappelallee quert der Schlagbaum …
zwei Autos:

crèmefarben, eher nach Weiß, das eine. Das andere ochsenblutrot. Jeder Spritzer, der Dreck auf dem einen zu sehen. Das andere schluckt den. Schon am Geräusch, sagen viele, sei das eine erkennbar, blind, weit zu hören. Deutsch, deutscher Wagen. Die Straße immer fest im Visier. Guter Stern. Das andere springt mit dem Löwen. Ochsenblutrot. Französisch. Aber, sicher ist nicht, ob in dem einen, dem deutschen, auch Deutsche sitzen. Auch nicht, dass in dem anderen Franzosen sein müssen. Denn es gibt den einen Wagen auch da und den anderen hier. Franzosen hinter dem guten Stern, die Straße fest im Visier, im sauberen Weiß mit dem leicht und weit erkennbaren Geräusch im Ohr. Aber auch Deutsche, die mit dem Löwen springen, im Ochsenblutrot, das den Dreck schluckt, jeden Spritzer. Und wenn auch das eine jetzt hier auf deutscher Seite fährt, es könnten Franzosen sitzen in ihm. Und auf der anderen Seite, in dem anderen, Deutsche. Da würde das Nummernschild entscheiden, vielleicht, wem und woher. Aber so, wie es jetzt aussieht hier, fährt das eine, crèmefarben, eher nach Weiß, kein Spritzer noch Dreck, sondern frischgewaschen, gewachst, auf deutscher Seite mit Deutschen. Das andere, ochsenblutrot mit dem Löwen, französisch, Franzosen. Deutlich getrennt vom Zollbaum fahren sie auf Straßen beiderseits des Baches der Grenze entlang, vorbei an den Bäumen voll von Misteln:
Baum auf dem Baum, jahrüber grün, auch winters, Weihnachtsfest, die Deutschen: »Wie grün deine Blätter sind«, von wegen, – hier stimmt es. Immergrün, so wie die Liebe, die keinen Winter kennt, – ja, das könnte ein Anfang sein. Auch wenn Theophrast schon weiß, dass nicht die Götter sie über die Bäume streuen, sondern die Vögel sie pflanzen auf ihre eigene Weise – was macht das?
Denn auch Vergil, – Vergil!, er gibt dem Äneas sie mit als Schlüssel zur Unterwelt. Was für ein Bild: Immergrün der Schlüssel zur Unterwelt. Hier aber leider nicht brauchbar. Um das Gegenteil geht es ja, um das Leben, die Liebe. Baum auf dem Baum ... Einer trage des anderen Last – ein gutes Gleichnis. Das nach dem Anfang mit Immergrün und der Liebe, die kennt keinen Winter, einer trage des anderen Last. Das Bild prägt sich ein, hält, das hat Widerhaken, bleibt hängen.
Und er klatscht mit der Faust in die Hand, der Pastor, und will schon auf und ins Haus zu Notizbuch und Stift, da hält ihn die Sonne, die ihm auf den Rücken scheint und ihm die Schmerzen nimmt für Momente. Er sitzt, runder Rücken, vor seiner Kirche auf einer Kelter, dem Sandsteinsockel mit Rinne. Die Kelter, nicht mehr im Gebrauch, hat er von Bauern herschaffen lassen, hier auf den Platz vor der Kirche.

Die Baskenmütze tief in die Augen, die spitze Nase zackt vor, kranker Rabe, die Arme baumeln lang über die Soutane, sieht er vom Kirchenhügel weit über die Wiesen zum Bach in die Bäume am Straßensaum und dort die Misteln.
Und, um im Bild zu bleiben, könnte er auch noch nach immergrünender Liebe und Baum auf dem Baum, trage des anderen Last, die Mistel, geflochten im Brautkranz, als Versprechen für reichen Kindersegen anknüpfen,
Glück für die Braut:
Die lehnt am Fensterbrett, hinter der Gardine, im Wohnzimmer. Früher durften sie nur an Feiertagen hinein. Die gute Stube. Mit einem eigenen Geruch. Der änderte sich: Weihnachten, Kindtaufe, Kommunion, einmal beim Leichenschmaus. Da wurde vorher entstaubt, gelüftet, beheizt. Jetzt, jeden Abend sitzen sie alle vor dem Apparat, ist das Zimmer auch zwischen den Festen bewohnt. Nur noch eine gewöhnliche Stube. Nur noch aus der Erinnerung: der Geruch nach getrockneten Apfelschnitzen, der sichere Ort für die Geschenke vor Weihnachten, die mit Landschaften bestickten Kissen auf dem Sofa, Lichtspiele durch die Häkelmuster der alten Gardinen ...
Früher, früher, jetzt aber ...
Angst soll sie haben. Hat sie aber nicht. Auch wenn sie versucht haben, es ihr einzureden. Angst wovor? Dass sie sich heute »ewig« bindet? Weg geht von zuhause? Über die Straße in ein anderes Land? Angst hat sie früher oft gehabt. Die hatten sie ihr nicht einreden müssen. Angst, wenn sie auf die Straße ging. Angst, in den Spiegel zu schauen. Sie hat immer ihr sommersprossenübersätes Gesicht gehasst, die roten Haare. Die Schimpfverse sind ihr noch wie neu.
Die hat sie nicht vergessen können. Der Bruder, der sie immer, wenn Streit zwischen ihnen war, und das war oft, Karottenkopf nannte, oder auch, wenn der Streit besonders heftig war, und der Bruder sich nicht mehr zu helfen gewusst, sie zu schlagen sich aber nicht mehr getraut hatte, sie rotes Luder, du rotes Luder, gerufen hatte.
Manchmal nachts hatte sie es sich vorgesagt,
Fremdwort, Beschwörung, Zauberformel:
rotes Luder, du rotes Luder,
aber es hatte sie nicht erlöst.
Und einmal hat die Mutter, so etwas geht einem nicht aus dem Kopf, das sitzt zu tief, festgefressen, hat die Mutter sie des Teufels genannt, Hexe, du Satansbrut.
Dass in den Schimpfversen der Kinder auf der Straße so etwas vorkam:

sind des Teufels Artgenossen,
rote Haare Sommersprossen!,
hatte sie nicht begreifen können, es aber hingenommen. Aber die Mutter, das hat sie nicht vergessen:
des Teufels, Hexe, du Satansbrut,
wie die Mutter das schrie, das hat sie noch immer im Kopf.
Aber für so etwas ist heute kein Tag.
Und die Braut schaut auf die Straße, wo, schon im »guten«, dem Festtagskleidchen, rosa mit Volants, ein kleines Mädchen kniet.
Mit Kreide zieht es Linien. Leiter, Kreuz, Kopf: den Häuschenmann zum drauf-, drüber-, drinhüpfen. Quer über die Straße. Fertig. Die Kreide weg in den Blumenkübel neben der Haustür. Das ist ihr Versteck. Auch für den Hüpfstein, flach, lange ausgesucht unten am Bach. Wurf. Ins erste Kästchen, das Leiterviereck, getroffen, überhüpft, ins Kreuz gegrätscht, dann in den Kopf, sich umgedreht und zurück. Da schlägt die Glocke: dreimal kurz. Dreiviertel. Und der Lehrer greift weit aus mit dem linken Arm, dass sich der Jackenärmel hochschiebt und die Uhr freigibt.
Dreiviertel. Jetzt müsste ... jetzt. Da schlägt es wieder dreimal kurz. Nur mit einem anderen Klang. Sieben Sekunden, keine mehr noch weniger. Und der Lehrer schüttelt den Kopf. Sieben Sekunden! Und das seit Jahren. Die Kirchturmuhr auf dieser, der deutschen Seite, sieben Sekunden vor der auf der französischen Seite. Verrückte Zeit! Dabei, sie könnten seelenruhig miteinander schlagen, die beiden Kirchturmuhren. Sind sie doch klanglich aufeinander abgestimmt worden von einem Spezialisten, von weither eigens dafür hergeholt und hoch bezahlt, dass es zu keinen Dissonanzen kommt.
Und er wirft mit einer Geste, die alle seine ehemaligen Schüler kennen, die weiße Haarsträhne, die ihm beim Kopfschütteln ins Auge fällt, zurück.
Wie feinfühlig sie auf beiden Seiten geworden sind, die da etwas zu sagen haben, wie hellhörig! Auf einmal. Wären sie das damals gewesen!
Und er klopft auf einen Stapel alter, ins Grau vergilbter Schulhefte, blättert darin, schließt das Heft, auf dessen Umschlag ein Schildchen mit steiler Schrift »Kriegstagebuch 1939 – 1940« klebt.
Wieder die Geste, die aber diesmal keine Strähne aus dem Auge wischt, sondern über die Haare den Kopf nachzieht.
Und er nimmt vom Tisch das Brillenetui. Die Brille hat er erst seit kurzem. Noch ungewohnt. Über den Tisch mit den vergilbten Schulheften, Kriegstagebuch, – daraus will er vorlesen heute, wenn alle da

sind zur Hochzeit – schaut er aus dem Fenster auf die Straße, auf der das Mädchen hüpft.
Ruhe und Frieden.
Das weiße Pferd, hinter der Kirche, der dieser Seite, aus der Wiese gewachsen. Nichts verrät, dass es lebt. Regungslos. Wie lange steht es schon so da, setzt alles um es herum zu sich in Beziehung: die umlaufenden Mauern – Urmeer, Muschelkalkboden – aus gelbweißen Steinen, eingeschlossen darin die Kopffüßler seit Zeiten, die Misteln, das Himmelsblau aus den Wolkenlöchern, die Gräser und Wiesenblumen ...
Stille.
Dem Pferd das Träumen.
Plötzlich: Ein Zittern läuft ihm über die Flanken, es stellt die Ohren auf, und hebt im Ruck den Kopf: Der Ton, eine Stimme, da singt wer vom Bach her. Wo neben der Straße, die auf der deutschen Seite den Bach entlang läuft, auf dem Seitenstreifen ein Wägelchen steht. Handwagen, Ziehwagen. Aber nicht der Sack mit Kartoffeln, Holz, Briketts, der Wäschekorb oder Obst sind darin, sondern neben den Kasten mit Bier sind ein Gitarren-, ein Akkordeon- und ein Geigenkasten gequetscht. Ohne Hülle liegt quer über dem Wägelchen noch ein Instrument: gelbes Eisenrohr wie ein Besenstiel lang, Töpfe daran geschweißt, Stahlseiten darüber gespannt, mehrere Deckel, locker geschraubt, Hupen, Klingeln und Schellen, und obenauf steckt ein Teufelskopf.
Die drei Musikanten sitzen nicht weit davon und trinken Bier:
– Komm heraus, komm heraus, du traurige Braut,
heut hast sollen werden ein höllisch Bärenhaut.
Heut trägt ein Bändchen um den Hals,
übers Jahr hast weder Speck noch Schmalz!
In der Küche die Haushälterin, hager, hoch aufgeschossen, die Haare streng zurück in einen Knoten, was das Gesicht noch kantiger macht, mit einer Kittelschürze, weiß, noch ohne Flecken, steht sie da neben dem Bräutigam und zeigt ihm, dass alles bestens ist, vorbereitet.
Auf dem Ofen der große Topf mit der Rindfleischsuppe, die vor sich hin kocht. Sie hebt den Deckel vom Topf mit dem Sauerkraut. Knoblauch, Zwiebeln, Lorbeerblatt, Wacholderbeeren und zum Schluss das Schinkenfett werden ihm die Würze geben. Gestern schon gemacht, dass sie über Nacht trocknen, abgezählt, pro Hochzeitsgast vier, auf der großen Platte aufgereiht wie nach der Schnur, liegen die Markklößchen. Wie aus dem gekochten Schinken, der ist noch im Stück, das

Fett auf das Untersatzbrett quillt, als die Haushälterin mit dem Finger die Schwarte drückt! Von einem der langen Weißbrote, die, noch nicht in die Brotkörbe geschnitten, auf dem Küchentisch liegen, bricht sich der Bräutigam ein Stück, belegt es mit rohem Schinken. Auch unter den Küchentisch schaut er, wo, in Eimern mit Wasser, die schon geschälten Kartoffeln schwimmen. Sie bleiben bei dem Seitentisch stehen, auf dem in Glasschüsseln die Salate schon vorbereitet sind. Der Schnittlauchsalat, vermischt mit klein geschnittenen Eiern, gibt dem Karottensalat Kontrast, der Selleriesalat den süß-sauren Zwetschgen, die Silberzwiebeln den eingemachten Gurken. Zum Heißen das Kalte, die Salate zum Rindfleisch, und zum Kalten das Heiße, zum Schinken Gemüse, sagt die Haushälterin, als sie an den Schüsseln mit Bohnen, Spargel, Erbsen und Blumenkohl vorbei über den Gang in den großen Raum treten, in dem die Hochzeitstafel gedeckt ist.
Um jedes Gedeck liegt nicht nur ein Blumenkranz, auch ein Kärtchen mit Namen und Spruch, auf den jeweiligen Hochzeitsgast ein wenig abgestimmt, steht dabei.
Was wahr ist beim Licht der Lampe,
ist nicht immer wahr beim Licht der Sonne.
Lange hatten sie, die Braut und er, überlegt, was sie auf das Kärtchen des Paten, Fotograf, ein Spitzfindiger, ironischer, oft Zyniker auch, schreiben könnten.
Dieser Spruch, hatte der Bräutigam gefunden, könnte ihm gefallen, seinem Paten:
Der jetzt mit Frau und Tochter aus dem deutschen Linienbus steigt. Die Haltestelle aus Eternitplatten als Unterschlupf gegen Regen. Noch ein Stück bis zum Dorf.
Der Fotograf betrachtet die Zeichnungen auf dem Eternit, während seine Frau schon auf dem Weg ins Dorf ist, und die Tochter zwischen Mutter und Vater zögert. Schließlich geht sie zum Vater, der, den Fotoapparat am Auge, vor den Zeichnungen steht. Pornografitti, sagt er, Dorfporno. Und drückt ab. Während das Sofortbild aus dem Apparat rutscht und Farben und Formen annimmt, stellt die Tochter vor den Zeichnungen eine Illustriertenpose nach: die Hände hinter dem Kopf, den Mund wie zum Kuss, die Augen halb offen.
Der Fotograf lacht, tritt zurück, zieht die Schärfe nach, da kommt seine Frau. Schon ehe sie da ist, hat sie die Sätze: ob es nicht genüge, dass ihre Tochter wie eine Motorradschickse, Ballettschuhe, Minirock, Lederjacke, Rattenkopf, verschminkt zu der Hochzeit gehe, müsse er, er sei doch alt genug, der eigene Vater, die Tochter auch noch so, sagt sie

aber nicht, sondern sagt: originell ist das nicht. Da gibt es hier doch wirklich anderes zu sehen. Da vorne die alte Mühle, oder hier, hier, sie zeigt über sich in die Wolken, den Bussard:
Der hoch über dem Dorf ruhige Kreise zieht. Die Schwingen gespannt, nutzt er den geringsten Lufthauch und die thermischen Strömungen. Keine Bewegung der Flügel, Ruderflug oder Rütteln, kreist er, nicht über Freiland, sondern über den Dächern, hat, jetzt tiefer, Spirale nach unten, besser zu sehen, keinen Schnabel, stößt kein Hiäh! aus, ist ohne Fänge, nicht braun gefleckt die Unterseite, kahl, glatt, keine Federdecke, starre Tragflächen, nicht gezackt an den Enden, ein Segelflugzeug, das jetzt abdreht in Richtung Wiesen, den Bach, der die Wiesen scheitelt, die beiden Straßen auseinanderhält:
Auf denen, wie nach Absprache, auf geheimes Kommando, so, als werde die Flagge mit den schwarzen Karos geschwenkt, der Start freigegeben, crèmefarben, eher nach Weiß, guter Stern, auf der einen, ochsenblutrot mit dem Löwen auf der anderen, jetzt die beiden Autos losjagen, als gelte es, welchen Preis zu gewinnen, was zu beweisen, heulen sie los, als seien die beiden Fahrbahnen nicht holprig, voller Schlaglöcher vom Winter noch, unübersichtlich die Kurven, ginge es nicht auf und ab, sandiger Seitenstreifen, sondern ausgebaut nach Berechnung, gesicherte Rennstrecken, Nürburgring und Le Mans, und nicht zwei Landstraßen auf Leidingen zu, werden sie schneller, nur noch auf der Fahrbahnmitte, wenn jetzt der Linienbus entgegenkäme oder ein Traktor!, schießen sie an den Bäumen vorbei, die rücken enger:
Immergrün,
Wintergrün,
Kreuzholz,
Alpranke,
Alfranke,
Vogelkraut,
Hexenkraut,
Hexenbesen,
Donnerbesen,
Baum mit Doppelgestalt, Gabelzweig des Merkur, magischer Zweig der Persepone, wehrt Zauber ab und böse Geister, feit gegen Blitz und Brand, kann Schmerzen lindern, Kranke heilen, Schätze finden helfen, alle Wünsche würden sich erfüllen …
Wie viele Namen, welcher Zuspruch, dreht es sich dem Pastor im Kopf, dass er die Hände darüber zusammenschlägt. Mehr als für nur eine

Predigt wäre das Stoff. Immergrün, ewige Liebe, trage des anderen Last, Heilpflanze, Glückspflanze und – Zauberpflanze. Zauberpflanze! Das dämpft die Begeisterung, verschlägt ihm den Spaß. Gut, er ist Humanist, kennt die Griechen, die Römer. Ist es nicht Plinius, der schreibt, wie die Gallier diese Pflanze verehren im Kult:
dass sie nach Neumond am sechsten Tag zwei weiße Stiere, die Hörner geschmückt, herbeiführen, die Druiden dann in weißen Gewändern den Baum ersteigen, mit goldener Sichel die Misteln abschneiden und, dass diese nicht die unheilige Erde berühren, in schwarzen Tüchern auffangen ...
Einerseits, sagt sich der Pastor, die Gallier, das würde treffen. Hier auf der französischen Seite. Nebeneffekt für die Trauung. Die, der wichtigere Teil der Hochzeit, das hat die Braut durchgesetzt, in seiner Kirche, von ihm, gehalten wird. Wenn er auch zugeben musste, auf Deutsch, da das alle verstünden – gern macht er das nicht, hier ist Frankreich – und die Braut, dass das Hochzeitsessen, ganz gegen den Brauch, im Haus des Bräutigams ist. Auf deutscher Seite.
Andererseits, in einer christlichen Kirche, Humanist hin oder her, Heidnisches zum Gleichnis zu nehmen, das ginge wahrscheinlich zu weit. Außerdem, der Baum auf dem Baum – von wegen einer trage des anderen Last! Schmarotzer, Schmarotzer! Und, hier lässt er endgültig die Mistel fallen als Thema für seine Hochzeitspredigt, saugt sie nicht dem Baum die Lebenskraft aus, seine Säfte? Und wer wäre hier was in dem Gleichnis, der Bräutigam, die Braut: Betrachtet noch immer das Mädchen im rosa Kleidchen mit den Volants, das den Häuschenmann abhüpft ...
Später, kein Kind mehr, schon aus der Schule, als die Spottverse »Karottenkopf, des Teufels Artgenossen« nicht mehr so oft, so direkt kamen, sie auch nicht mehr so trafen, fingen die anderen Kränkungen an. Beim abendlichen Treffen an der Bank neben der Telefonzelle. Bemerkungen, nur nebenbei, aber das Lachen dazu, auch der anderen Mädchen: die Rothaarigen, wie feurig, so gut im Heu, leicht zu bekommen. Und sie die Gräben in sich noch breiter machte. Keinen nahe heran ließ. Die Treffen dann auch mied. Sie sei jetzt wohl zu fein, weil sie in der nahen Kleinstadt, auf deutscher Seite, eine Lehre begonnen hatte, Städterin, wohl zu gut für die aus dem Dorf.
Und die Braut lacht.
Der, den sie heute heiraten wird, ist aus dem Dorf. Von der anderen Seite. Nur über die Straße. Der Sohn des Lehrers. Das hätte sie sich auch nicht gedacht, damals als kleines Mädchen:

Das jetzt, den Hüpfstein auf dem Kopf, vor dem Häuschenmann steht. Anhebt zu hüpfen: ein Auto! Und es fängt den Hüpfstein auf und springt zum Straßenrand. Ein grauer VW-Bus kommt langsam näher, fährt dem Häuschenmann quer über den Bauch, teilt ihn mit lehmigen Reifen in Kopf und Bauch und Fuß, zieht weiter die Lehmspur hinter sich her durch die Straße.
Das Mädchen hat jetzt die Kreide dabei. Zieht die Linien nach. Macht den Häuschenmann wieder ganz. Behält die Kreide fest in der einen, mit der anderen Hand den Hüpfstein vorsichtig auf den Kopf gelegt, hüpft es die Leiter, das Kreuz, den Kopf, dreht sich: da, das Auto! Hinter dem Ort gewendet, aus dem Feldweg kommt der graue VW-Bus, wieder mit Lehm auf den Reifen. Das Mädchen springt auf die Seite, ihr der Hüpfstein vom Kopf. Und wieder der Häuschenmann auseinander. Das Mädchen zieht über die lehmigen Streifen die Linien, ihren Häuschenmann, nach. Der graue VW-Bus lässt seine Spur, drittelt die Straße.
– Diese Seite, die andere, dazwischen das Niemandsland,
sagt der Lehrer und schaut dem grauen Zollauto nach.
Eine Straße, zwei Namen.
»Neutrale Straße« auf dieser, »Grenzstraße« auf der anderen Seite.
Zweimal der Bäcker, hier dort, der Briefträger, der Schulbus.
Das Zollauto für die eine, die andere Seite. Ein Dorf, drei Sprachen.
Zwei trennen, eine verbindet.
Zwei Kirchen. Zwei Zeiten die Kirchturmuhren.
Und er schüttelt den Kopf und will mit seiner gewohnten Geste die Strähne aus dem Auge, da vergisst er die Brille, wischt sie mit den Haaren zurück.
– Das gäbe Scherben, sagt der Bräutigam, das Tablett mit den Schnapsgläsern für den Umtrunk auf einer Hand balancierend.
Die Haushälterin lacht:
– Scherben, Scherben, die bringen Glück!
Das hat das crèmefarbene Auto, kein Spritzer noch Dreck, guter Stern, das dem ochsenblutroten Löwen davonzieht, jetzt aus der Kurve, Seitenstreifen, der Sand stiebt, das Wägelchen der Musikanten rutscht weg, kippt in die Wiese Bierkasten und Instrumente, der Sänger:
– Heut trägt ein Kränzchen auf dem Kopf,
übers Jahr hast du die Haare ausgeropft!
bricht ab, aber das Auto fängt sich, trifft wieder die Straße, verliert nicht das Tempo, rast weiter auf das Dorf zu, jetzt mit dem Löwen auf gleicher Höhe:

Sieht sie der Pastor:
– Die Wahnsinnigen!
Und springt von der Kelter. – Die Kelter! Auf dem Gleichnis gesessen die ganze Zeit! Die Kelter! Was für ein Bild! Das Obst, das auf beiden Seiten wächst, reift, zusammenkommt in die Kelter, gepresst wird, im Fass etwas Neues, der Most. So ein Gleichnis! Und er eilt zu Notizbuch und Stift, vergessen die Wahnsinnigen, crèmefarben, ochsenblutrot, guter Stern, der Löwe, die auf den beiden getrennten Straßen – erst im Dorf werden sie zu der einen mit den zwei Namen – dahinjagen, Vorteil jetzt für den Löwen, vor sich nur noch die Gerade, während der gute Stern in das Dorf, die letzte Kurve einbiegt, zwischen die Häuser, rettet sich der Fotograf, Frau und Tochter am Arm, in die Hausecke, um die jetzt das Crèmefarbene schießt auf das Ochsenblutrote zu, da kreischen die Bremsen, wiehert das Pferd, schneidet die Haushälterin sich in den Finger, der Bräutigam lässt das Tablett mit den Gläsern fallen zu Scherben, schreit die Braut auf: Heilige Jungfrau!, das Mädchen mitten auf der Straße im Häuschenmann!, hat der Lehrer seine Brille vom Boden, wieder auf, sieht die beiden Autos, crèmefarben ochsenblutrot in die Seite, davor das Mädchen, er erwartet den dumpfen Schlag, Knall, der kommt, reibt Ochsenblutrot in das Weiß, drückt den guten Stern in den Löwen zum Halt vor dem Mädchen.
– Das fängt gut an, die Hochzeit!
Sagt er.

Kapitel II

Er fügt euch nun zusammen,
lässt Mann und Frau euch sein,
einander Wort und Treue,
einander Brot und Wein.

Sagt an, wer ist doch diese,
die vor dem Tag aufgeht.
Ein Schlag Erinnerung. Schrill durch den Kopf. Verkrampft bis in die Zehen. Und den Schweiß in der Hand schon vorher. Gewartet. Wann, wann endlich. Dann aber doch immer wieder der Schreck. Diese Peitsche, die Gänge entlang! Betonbau, viel Glas. Der Hall durch und durch, und das Echo im Kopf sirrt nach.
Die überm Paradiese,
als Morgenröte steht.

Aufstehen, raus, raus. Gestreckt. Den Schlaf abplatzen lassen. Die Nachtgedanken abpelzen. Abschuppen die Bilder aus Träumen.
Sie kommt hervor aus Fernen,
geziert mit Mond und Sternen
im Sonnenglanz erhöht.
Und um ihn herum die anderen verschlafenen Gesichter. Keukel, Mock, Bibi, Pietje und Spieß, Floh, Issi, Jupp, Beppo und Schlapp. Zunamen. Warum Pietje so und Mock Mock und Bibi weshalb? Nur er, wie er da kniet: ehrlich, Erich, ehrlich. Und: Erich währt am längsten. Und: Er – ich. Icher. Sein Zuname. Seine Zunamen. Und um ihn herum die zähen Bewegungen. Noch kein Wort. Keiner ist schon so weit. Jeder noch ganz bei sich. Aber doch aus den Betten schon. Nur Keukel noch fest in sein Kissen verbissen, nasser Fleck. Keukel, Keukel, wach auf, los, mach schon, komm, los, wach auf!
Jeden Morgen. Und dann aus dem Schlafraum über den Gang in die Toilette oder sofort in den Waschraum. Augenhoch die lange Spiegelwand. Vor die Waschtröge. Gebeugt. Kniet er da. Erich, ehrlich, wie er da kniet neben ihr.
Sie ist die edle Rose,
ganz schön und auserwählt
Da schlägt der Seifen- und Zahnputzschaum die Rinne entlang Blasen dem Abfluß zu. Dann im Spiegel: ein Nachtgesicht, noch Schlafgesicht.
Die Magd, die makellose,
die sich der Herr vermählt.
Jeanne. Ob sie sich das vorstellen kann?
Erzählen, denkt Erich, erzählen kann man vieles. Aber so deutlich, so vor sich, wie das von damals im Konvikt. Im bischöflichen Konvikt. Und jetzt kniet er neben ihr. Icher. Der Lateinlehrer hatte gesagt: Erich, ehrlich, Erich. Und der Sportlehrer: Erich währt am längsten. Der hatte es nötig gehabt. Seine Boxernase und die dummen Anspielungen. Aber sonntags Waschmaschinen verkaufen. Der Herr Studienrat. Icher, Icher hatte Floh ihn getauft. Icher, Icher: Mickymausheft. Davon weiß Jeanne nichts.
O eilet, sie zu schauen,
die schönste aller Frauen,
die Freude aller Welt.
Von allen hier weiß nur Issi die Zunamen.
Issi, der oben die Orgel spielt. Von der Empore herunter hat er den Überblick. Im Konvikt vorne links, versteckt die Orgel. Da saß Issi

jeden Morgen. Der weiß alles von da, von damals. Alles? Vieles. Icher, das weiß er. Nur Jeanne weiß davon noch nichts. Viel Zeit werden sie haben, Jeanne und er, Mann und Frau, zum Erzählen.
Du strahlst im Glanz der Sonne.
Jetzt außer Gähnen auch schon Lachen im Waschraum. Und die ersten Worte: Sau, du Sau. Von Spieß zu Mock oder Pietje zu Floh, oder irgendein anderer. Issi sagt so etwas nicht. Nie. Aber er schon. Oft. Nass gespritzt. Oder die Seife weggeschossen. Runter die Schlafanzughose. Oder die Zahnpastatube drauf die Faust. Irgendetwas so. Sau, du Sau! Aber, als sei ein Zauber verflogen, jetzt wird geredet.
Einmal, als Mocks Strähne, die er immer mit Brillantine zur Tolle stupfte, weg war.
Weg, wirklich. In der Nacht hatte sie einer abgeschnitten. Und alle schauten aus schrägen Augen auf Mock, der dastand und in den Spiegel starrte. Lange. Nichts. Dann sagte: wer, wer war's? Und keiner auch nur so tat, als habe er ein Wort gehört. Und Mock aus dem Waschraum ging. Alle lachten. Bis sie im Schlafraum vor ihren leeren Kleiderschemeln standen. Und Mock sagte: weg, einfach weg. Und auf das Fenster hinter sich zeigte.
Maria hell und rein;
von deinem lieben Sohne,
kommt all das Leuchten dein.
Spielt Issi oben auf der Orgel. Schrill wieder das Läuten. Nur diesmal nicht unvorbereitet. Jetzt in Kleidern, oft zwar in Hausschuhen noch, aber schon weit vom Schlaf. Wenn auch noch nicht ganz aus den Träumen. Wie sie durch die Gänge schlichen. Die falschen Marmortreppen herunter. Türenklappen. Vor allem der Laut zurückfedernder Glastüren.
Und einmal, als Keukel, zu spät war er dran, mitten durch eine Glastüre lief. Und die Glassplitter ihm im Bauch steckten. Keukel der Igel mit Stacheln aus Glas ins Krankenhaus transportiert werden musste.
Und wie sie immer im breiten Flur neben dem Atrium »Aufstellung nahmen«. Hieß es. Alle da. Um gemeinsam in die Kapelle zu schlurfen.
Durch diesen Glanz der Gnaden
sind wir aus Todes Schatten
kommen zum wahren Schein.
Ob sie das verstehen wird, diese vielen Morgen im Konvikt. Zur Messe gehen. Knien. Jeanne. Er wird es ihr zu erklären versuchen. Dass ihn der Geruch der Kapelle, Kerzen, Weihrauch, gebohnerter Boden dazu gebracht, dass er vom Licht durch die bunten Fenster, dunkelrot, blau,

gedrängt, oder auch schon vom so ganz anderen Geräusch der Schritte in diesem Raum darauf gestoßen worden war, dass das Lied, dieses Lied, das Issi spielt, das alle singen, ihn gepackt, dass er sich nicht hatte wehren können gegen diese Bilder. Wenn sie sich durch den Hauptgang der Kapelle drückten. In die Bankreihen schoben. Jeder an seinen festen Platz, der schuljahreweise nach hinten wechselte, »bis sie die Reife hätten, aus der Kapelle aus dem Haus in das Leben hinaus« …
Die Stimme. Erich hört sie. Hat sie im Ohr jetzt. Fest, geht sie nicht weg. Sitzt sie im Ohr. Diese Stimme des Herrn Konviktsdirektors. Die, wenn er vorbetete, sang, predigte, unberechenbar wurde. Für ihn. Für alle. Riss in die Höhe, brach. Ein Raunzen, ein Jaulen. Als hätten Vokale und Konsonanten, die Silben, die Wörter Angst vor seiner Stimme, von ihm gesprochen zu werden, krümmten sie und bogen sie sich, zogen sich und fielen zusammen. Wurden gepresst, gestoßen, mit Speichel genässt, geschoben, verschluckt. Mitleid. Als hätte der Herr Konviktsdirektor Mitleid nötig gehabt. Nein, nein, nur jetzt nicht, nicht hier daran denken. Auch das, von diesem Hass, seinem Hass auf den Herrn Konviktsdirektor wird er Jeanne erzählen. Muss sie wissen
Die Braut singt mit. Nicht einmal hat sie in das Gesangbuch schauen müssen. Mai. Marienmonat. Wie lange es her ist, dass sie ein Marienkind war … Warum Erich nicht mitsingt? Kniet neben ihr, stur, ohne zu singen. Das Gesangbuch aber aufgeschlagen in seiner Hand. Nur, wohin er schaut. Geradeaus. Sieht sie von der Seite. Bewegt die Augen nicht, schaut sie nicht an. Träumt weg. Erich, woran er jetzt denkt, denkt sie. Hört auf zu singen und sieht sich, wie sie vor der Maiandacht Schlüsselblumen zur Grotte der heiligen Maria neben der Kirche bringt. Oft hat sie beiden, der auf der deutschen und der heiligen Jungfrau Maria auf der französischen Seite, Blumen hingestellt.
Sei gegrüßt
o Königin, Mutter der Barmherzigkeit,
unser Leben, unsre Wonne, unsre Hoffnung,
sei gegrüßt.
Wie oft hat sie so gebetet, dabei geweint, heimlich, wenn es ihr allzu schwer geworden ist, und sie hat wegwollen.
Zu dir rufen wir,
verbannte Kinder Evas;
Zu dir seufzen wir,
trauernd und weinend
in diesem Tal der Tränen.

Aber heute ist ihr Freudentag. Auch wenn im Augenblick Erich sie nicht anschaut. Erich. Jeanne Hautz wird sie nicht heißen. Erich will das so. Den Doppelnamen: Jeanne Beaumont-Hautz. Sie hat nichts dagegen. Obwohl, dieser Name wird Stolperstein sein. Beaumont für die einen, für die anderen Hautz. Das weiß sie. Macht ihr aber nichts aus. Der Stolperstein. Das war sie immer schon. Rote Haare Sommersprossen. Auch da: die Gebete. O Maria hilf!
Unter deinen Schutz und Schirm,
fliehen wir, heilige Gottesgebärerin.
Und wie sie immer hat lachen müssen an dieser Stelle, aber so, dass keiner es merkte – beim Beten lachen! – in der Kirche, zuhaus, bis heute noch lachen muss: Schutz und Schirm. Wie er davon fliegt, ihr Bruder. Robert. Wie sie ihm die Verse unter die Nase gerieben, wenn er sie wieder einmal Karottenkopf geschimpft hatte oder Schlimmeres:
Seht den Schirm erfasst der Wind,
und der Robert fliegt geschwind,
durch die Luft so hoch so weit,
niemand hört ihn, wenn er schreit.
Und hier Roberts Wut meist schon so war, dass er entweder auf sie zustürzte, oder später, als er, älter, das nicht mehr tat, Mädchen schlagen, aus dem Zimmer lief, nicht mehr die anderen Zeilen hören konnte:
Schirm und Robert fliegen dort
durch die Wolken immerfort.
Und der Hut fliegt weit voran,
stößt zuletzt am Himmel an.
Du Pforte des Himmels,
du Morgenstern,
du Heil der Kranken,
du Trösterin der Betrübten.
Ob sie fromm ist? Dass sie daran glaubt? Geholfen hat es ihr. Immer wieder. Das hat sie Erich geantwortet. Nicht Jeanne d'Arc, die heilige Johanna, die Jungfrau von Orleans. Zu ihr hat sie nie beten können. Mit ihr hat sie kämpfen wollen, siegen. Jemand werden, berühmt: Jeanne Beaumont. Wie die heilige Johanna in den Flammen aufglühen, vergehen. Das hat sie sich oft vorgestellt. Hier in der Kirche. Wenn sie auf die Bilder hinter dem Altar starrte. Und es sie heiß überlief. Durch die Flammen auffahren in den Himmel. Aber beten, sich ihr anvertrauen, sie bitten, von ihr Hilfe erhoffen, das war nicht Jeanne d'Arc, das war Maria. Wenn sie nicht mehr ein noch aus gewusst hat: Nur weg, weg hat wollen, weg von hier. Aus dem Dorf. Die nahe Kleinstadt hat ihr

schon geholfen, sie mit Isabelle zusammengebracht, der sie alles anvertrauen kann. Ab dann hat sie nicht mehr soviel zu beten, zu bitten gehabt. Bis heute hat sie jemanden, dem sie vertraut. Der fast alles von ihr weiß. Den zu verlassen ihr am schwersten fallen wird. Denn weg will sie. Weg wird sie gehen. Dafür kämpft sie. Wie ihre Namenspatronin. Mit Feuer, mit Schwert. Gegen wen, gegen jeden. Auch Erich.
Als könnte sie ihm die Träume verscheuchen, hebt sie die Hand, dass er sie bemerkt, streicht sie sich über die Stirn. Auch gegen ihn würde sie kämpfen, nur weg zu kommen. Und darauf baut sie: dass ihre Hochzeitsreise dorthin, wo Erich jahrelang war, in die Großstadt, dass diese Reise mehr wird als das. Dort bleiben. Mal sehen, hat Erich gesagt. Sie sieht sich schon dort mit ihm wohnen. Wie sie dort leben. Wenigstens für eine längere Zeit. Darum bittet sie. Will sie kämpfen. Dafür betet sie.
Heilige Gottesgebärerin,
Heilige Jungfrau über allen Jungfrauen,
Mutter Christi,
Mutter der göttlichen Gnade.
Das fällt ihr immer noch schwer, obwohl sie es herbeten kann:
Du reine Mutter,
du keusche Mutter,
du unversehrte Mutter,
du unbefleckte Mutter,
du liebenswürdige Mutter,
du wunderbare Mutter.
Obwohl ihre Mutter, nein, weil ihre Mutter Marie heißt? Und sich zwischen sie und die Mutter der Fürbitten und der Gebete immer die Bilder, wie sie sich mit ihrer Mutter streitet, schieben. Schwer, Mutter, Mutter Gottes, heilige Mutter Maria zu beten, ohne Marie, ihre Mutter, nicht auch mit zu meinen. Dass einem die Hände abfallen, wenn einer so betet, hat sie als Kind immer geglaubt. Aber trotzdem oft in ihren Gebeten die Bitte, Waise zu sein, allein, ganz allein auf der Welt. Niemanden sonst mehr zu haben. Den Bruder nicht, den Vater nicht, obwohl sie Jacques, ihren Vater, mag, keine Mutter, vor allem das. Und dieses Gefühl, Waise zu sein, ganz ohne jeden! Meist vor dem Schlafengehen Gebete mit dieser Bitte. Weich im Selbstmitleid dann in den Schlaf.
Heute, Isabelles Tochter Jacqueline nach dem Autozusammenstoß im Arm, hat sie sich daran erinnert. Waisenkind, Waisenkind. An sich selbst aber dabei gedacht. Ihr sind die Hände nicht abgefallen, ver-

fault. Sie hat beide Hände noch. Schiebt jetzt die eine zu Erich hinüber. Berührt ihn. Tupft ihn sanft an. Wieder. Da zuckt er zusammen. Nie Kinder erschrecken, wenn sie mit offenen Augen träumen, denkt sie und lächelt zurück. Jetzt ist er wach. Wieder da. Und betrachtet sie. Spürt sie. Erich. Das ist ihr Glückstag heute. Bald wird sie sein, wohin sie immer hat wollen.
Du Ursache unserer Freude,
du geheimnisvolle Rose,
du starker Turm Davids,
du elfenbeinerner Turm,
du goldenes Haus.
Dank dir, Maria. Maria hat ihr geholfen. Das wird sie ihr nie vergessen. Nie nie nie! Würde sie am liebsten laut rufen. Hinausschreien ihr Glück.
Gut, sehr gut spielt er. Der macht was aus seiner Orgel. Aber hatte nicht Erich zu ihm gesagt, es käme einer, der verstehe etwas von Orgeln. Musiker sei der mit Leib und Seele. Der habe schon im Konvikt die Orgel bedient. Der spiele nicht Musik, der lebe sie. So einen müsste er hier haben. Sagt sich Pastor Claude Vigy. Hier im Dorf. Aber, wer bleibt schon hier. Erich, das ist eine Ausnahme. Da haben auch fast alle gesagt: wie kann er nur. Von da, aus der Großstadt wieder zurückkommen. Und so ganz kann er das auch nicht begreifen. Glaubt es auch noch nicht. Da kennt er Jeanne Beaumont zu gut. Jeanne will weg. Das hat sie ihm zu oft gesagt. Und Erich, mit Erich ginge es. Wie die Orgel klingt! So hat er sie schon lange nicht mehr gehört. Das hätte er denen nicht zugetraut, als er sie mit dem Ziehwägelchen zur Kirche hinauf hat kommen sehen. O Gott, hatte er gedacht, da komme was auf ihn zu. Und für einen Augenblick hatte er an Erich gezweifelt. Aber jetzt, der bringt die Orgel zum Singen! Dass die Orgel ein Juwel sei, sehr alt, aus einer anderen Kirche hierher gebracht, haben sie ihm damals gesagt, als er hier Pastor geworden ist. Elf Jahre her ... Und noch nicht alle haben es ihm verziehen, dass er in seiner Antrittspredigt hatte einfließen lassen, 33 sei er gerade geworden. Ein Alter, in dem man Jesus gekreuzigt, ihn aber hierher versetzt habe. Da hatten manche aus der Gemeinde Schlüsse gezogen. Dass sie nicht mehr zu seinen Gottesdiensten kamen. Auf deutscher Seite in die Kirche gingen. Aber mit der Zeit, vor allem durch Gespräche, hatte sich das wieder eingerenkt. Die Gespräche mit den Leuten im Dorf haben ihm geholfen, in die Gemeinde langsam hineinzuwachsen. Den Leuten näher zu kommen.
Den Weg zu ihnen zu finden, dass sie den Weg zu ihm fänden. Aber

wie oft, wenn er am Abend aus seinem Küchenfenster über das Dorf, die zwei Dörfer, schaut, fällt ihn der Zweifel an. Mit jemandem darüber sprechen ... Sein Lieblingsbuch im Seminar: Tagebuch eines Landpfarrers. Hätte er sich damals denken können, aufs Land versetzt, nicht einmal den Trost eines Amtsbruders in der Nähe zu haben, dem er sich mitteilen könnte ... Aussprechen, was manchmal vorgeht in einem. Was ihn bedrückt. Der Lehrer, anfangs hatte er gedacht, das sei jemand, dem könne er sich anvertrauen. Aber zu skeptisch ist der gewesen. Auch zu sehr in sich selbst. Schon beim Vortasten hatte er gemerkt, dass da keine Nähe war. Er allein mit sich bleiben würde. Erich. Sie hatten ein gutes Gespräch. Doch viel zu viel Misstrauen noch auf beiden Seiten. Das Konvikt habe ihn für die Kirche versaut. Dieser Satz hängt noch nach. Mehr hatte Erich ihm darüber noch nicht erzählen wollen. Dass Erich jetzt hier kniet, dürfte Jeannes Schuld sein. Das dürfte Jeanne geschafft haben.
Wie sie alles schafft. Dass sie weg will. Von hier. Aus dem Dorf. Auch das. Wieder weniger Leute. Nur noch die Alten bleiben. Wie die Orgel singt: vor allem die Höhen. Silbrig.
Sagen, was einem wirklich im Kopf umgeht. Die Predigt. Was hatte er sich Gedanken gemacht, dieser Hochzeit gerecht zu werden! Über die Straße in ein anderes Land ... Die Grenze. Mit ihr, auf ihr zu leben. Bilder dazu wie: die Misteln. Verworfen. Die Kelter, an der die Hochzeitsgäste vorbeigegangen sind in seine Kirche. Obst von beiden Seiten. In der Kelter ineins. Das Neue daraus: der Most. Auch das verworfen. Ineins.
Zu einfach: weg mit den Grenzen. Und ohne sie wäre dann alles gut. Zu leicht, eingängig zwar gut zu verdauen, Kopfnicken, einsichtig für jeden, aber zu leicht wäre das. Aber, und das ist ihm eingefallen, als er die Hochzeitsgemeinde geteilt in zwei Seiten im Kirchenschiff sah, hinter der Braut die einen, die anderen hinter dem Bräutigam, als liefe die Grenze auch hier, unsichtbar wie auf der Straße, durch seine Kirche, zu einfach, alles ineins: Mann Frau, Kinder Erwachsene, Schwarz Weiß, Kranke Gesunde, Gläubige Zweifler, Priester und Laie, deutsch französisch, Bräutigam Braut.
Grenzen, überall Grenzen.
Und darüber hatte er sich gar keine Gedanken gemacht. Das ist der Einfall. Was wäre am Einerlei, alles ineins, der Gleichmacherei. Mannweib, erwachsene Kinder, deutscher Franzose, Grau in Grau. Dagegen: die Eigenheiten! Von Essen und Trinken, der Art, sich zu geben, den Sprachen. Alles Besondere, das zu entdecken. Nicht, der und

der muss so sein wie ich, und wehe, wenn nicht. Im anderen vor allem das Andere spüren, ohne Neid, die Angst, sich selbst zu verlieren. Gewinn, nur Gewinn. Die Lust, zu suchen, die Freude, zu finden, was einem noch nicht bekannt ist! Nicht der Einheitsbrei, sondern die Würze, so etwas, so noch nirgends, noch nie geschmeckt. In Achtung voreinander zu leben. Dabei nicht abzugrenzen, sondern mitzuteilen, zu geben.
Mauern und Mauern.
Beides können sie sein: ausschließlich, zu hoch, keiner kann mehr darüber, und werfen so lange Schatten, engen ein, ersticken. Aber auch: zu niedrig, weht der Wind alles weg, da wächst nichts mehr, nur noch der Stein. Das rechte Maß, das richtige Maß.
Aber, wo kämen da die Gottlosen hin, was wäre das für eine Achtung der Bettelarmen vor den Steinreichen, wie fänden sich Unglück und Glück!? Das Ende des Eingangsliedes.
Pastor Claude Vigy tritt an den Altar und küsst ihn. Danach, weil auf seine Frage, was für eine Messe sie wolle, Jeanne »feierlich« gesagt hatte, inzensiert er ihn: Festtagsweihrauch. Feiertagsduft. Nach der Verehrung des Altars geht der Pastor mit den beiden Ministranten zu den Sitzen. Er spricht: – Im Namen des Vaters und des Sohnes und des Heiligen Geistes.
Nicht alle machen das Kreuzzeichen, sieht er. Der Hochzeitsgemeinde zugewendet, breitet er die Hände aus und begrüßt sie:
– Der Herr sei mit euch.
Dünn die Antwort:
– Und mit deinem Geiste.
Dann sagt er:
– Heute feiern wir eine besondere Messe. Ein Trauungsamt. Eine besondere Trauung. Schon lange ist so eine Trauung in Leidingen nicht mehr gewesen. Ein Grund zur Freude.
Hebt er die Stimme:
– Und damit wir die heiligen Geheimnisse in rechter Weise feiern können, wollen wir bekennen, dass wir gesündigt haben.
Stille. Vor dem Sündenbekenntnis die kurze Stille für die Besinnung.
Aus dem Kopf schlagen kann er sich das dritte Thema nun schon für die Predigt. Aus dem Kopf. So gut die Anfänge, Einfälle auch. Und dann, wenn er weiterdenkt, immer ins offene Ende. Der Zweifel. Warum macht er es sich selber immer so schwer. Quält sich zu sehr. Voller Skrupel. Zerschlägt sich selbst die besten Gedanken, hatte in einer Beurteilung über ihn im Seminar einmal gestanden. Wie immer. Ab-

gesichert. Nur keinen Fehler machen. Ausgehend von der Lesung, im Bezug auf das Evangelium. Wie immer. Aber das Besondere, das würde, wie schon so oft, in seinem Kopf bleiben. Die besten Gedanken ... Wo bleibt seine Demut! Und er bricht die Stille und sagt
– Ich bekenne Gott, dem Allmächtigen,
Und da fast niemand mitbetet, lauter:
– und allen Brüdern und Schwestern, dass ich Gutes unterlassen und Böses getan habe – ich habe gesündigt in Gedanken, Worten und Werken. Und er schlägt sich an seine Brust.
– Durch meine Schuld, durch meine Schuld, durch meine große Schuld.
Mea culpa, mea culpa, mea maxima culpa, wiederholt Philipp Hautz, der Lehrer, für sich. So hatte er es als Ministrant gelernt. Sein Leben lang so gesagt. Ein halbes Jahrhundert ist das schon her: wie sie auf den Knien lagen, in sich zusammengekrochen, zusammengefaltet, die Stirn auf den Altarstufen fast. Und das Schuldbekenntnis heruntergebeteten. Auf Latein. Alle. Nicht nur die Gymnasiasten. Auch wenn die anderen, denen sie, die auf die höhere Schule gingen, es beibringen mussten, nicht genau wussten, was sie da herunterrasselten, oft nur die Lippen bewegten, schnelles Gemurmel, das nur in einigen Worten deutlicher wurde: omnibus sanctis et tibi pater, und mea culpa, und vor allem am Schluss orare pro me ad dominum deum nostrum, damit der Priester um Nachlass, Vergebung und Verzeihung der Sünden bitten konnte. Auch wenn es oft mehr Wettsprechen war als Gebet. Und die, denen sie oft aus Spaß, aus Bosheit beigebracht hatten, das Latein, Deus meus zum Beispiel, falsch auszusprechen, und die dann beim Abfragen es so aufsagten, dass sie vom strengen Kaplan Kopfnüsse bekamen und nicht wussten, warum, wahrscheinlich doch mehr vom Geheimnisvollen der Messe mitnahmen, etwas, das nicht so war wie alles um sie herum, eine andere Welt, aufgehoben für diese Zeit der bloße Alltag, als hier heute die beiden Messknaben, die das Schuldbekenntnis nicht mitbeten. Wahrscheinlich, weil es auf Deutsch ist, sie es aber nur auf Französisch können. So dass Pastor Claude Vigy es ohne sie mit einigen aus der Hochzeitsgemeinde aufsagen muss.
Zu den bunten Gewändern des Priesters, der Ministranten, dem geschmückten Altar, dem Weihrauch, der Orgelmusik, dem ganzen Kirchenraum in seinem besonderen Licht gehört für ihn das Latein. Introitus, Confiteor, Gloria, Credo, Agnus Dei, Ite missa est. Was er noch weiß, noch im Kopf, im Gefühl hat. Für ihn ist die katholische Messe lateinisch. Und wird sie bleiben. Das Geheimnisvolle.

Lachen würde da sein Sohn. Erich: ja, das Geheimnisvolle, die Leute immer im Dunkeln lassen, sie einlullen, ihnen die wahren Sorgen und Freuden verdecken, übertünchen, eingolden. Erich. Vielleicht hat er nicht ganz Unrecht. Aber wie viel hilft es, wie vielen würde es helfen, alles ins rechte Licht gerückt, alles durchsichtig zu machen, wie er immer sagt. Nein. Da gibt er Erich nicht zu. Dazu kann er nicht ja sagen und Amen. Hier hat er wieder einen Beweis in der Hand, ein Beispiel. Ohne Latein ist die Messe für ihn nur noch halb so viel wert. Gut, wird Erich sagen, jetzt wissen die Leute – wen immer er damit meint – jetzt wissen sie wenigstens, was sie nachbeten. Und da fällt ihm die Entgegnung nicht schwer: das haben sie immer gewusst. Die Leute. Was sie beten. Aber ärmer geworden ist für ihn die katholische Kirche. Arm. Früher, überall, wo einer hinkam, wie fremd es ihm da auch war, in der Messfeier war er zuhaus. Da hörte er ihm seit Kind auf vertraute Worte, Gesänge. Da sah er bekannte Gesten. Da fühlte er sich nicht ganz allein. Und noch etwas könnte er Erich erzählen, wenn er es nicht vergisst. Nur ein kleiner Vorfall, vielleicht. Aber bezeichnend. Als während der Invasion der Amerikaner im Zweiten Weltkrieg in einem Vorort der nahen Kleinstadt die fremden Soldaten mit ihrer fremden Sprache den Einheimischen auf der Straße gegenüberstanden, und Gesten reichten nicht hin, auszudrücken, was gemacht, was sie wollten, da hatten sich die zwei Geistlichen, der aus dem Ort und der Fremde, auf Latein unterhalten, war schnell eine Verbindung, konnte vieles im Guten geregelt werden. Wozu ein Weltkrieg doch gut ist, hört er Erich schon lachen. Mit Erich ist es oft schwierig. Oft unversöhnlich. Hart. Wie sie sich auseinandersetzen. Oft nur ein kleiner Gedanke, nebensächlich, ein Wort, unbedacht, und schon ist der Streit da. Immer kann er, der Vater, nicht nachgeben. Nicht immer. Manchmal denkt er sich, Erich ist noch sehr jung. Aber dann auch: wer hat je nach seiner Jugend gefragt! Erich ist dreißig. Dreißig schon. Da hatte er, Philipp Hautz, einen Krieg hinter sich. Die Gefangenschaft. Der Aufbau aus Trümmern. Wie will – das kann er seinem Sohn nicht zum Vorwurf machen.
Ein Glück, dass Erich eine andere Jugend hatte. Im Konvikt. Obgleich er da nicht sehr glücklich war, nach dem, was er sagt. Fromm gewesen, genug für zwei Leben, sagt er.
Vielleicht auch deshalb Erichs Ablehnung von allem, was »unkritisch« scheint. Die Kirche, die Messe, ist nicht der einzige Anlass für die häufigen Streitereien zwischen ihnen. Dass Erich zurückgekommen ist aus der Großstadt, zwar nur mit »einem Bein« in das Dorf, das andere hat

er in der nahen Kleinstadt, noch eine Wohnung, dass sein Sohn zurückgekommen ist, hat ihn anfangs gefreut. Einer der wiederkommt. Aber dann, als er merkte, weshalb er gekommen war und wozu, da hätte er ihn lieber wieder in der Großstadt weit weg gesehen, ihn, wie vorher, einmal im Jahr dort besucht. Gut. Erich als Journalist in der Lokalredaktion der Zeitung. Erich, wie er im Stadtarchiv forscht. Erich, der sich in der Stadtbibliothek in die Heimatliteratur vergräbt. Erich, mit dem Tonbandgerät im Dorf unterwegs. Erich, und seine Freude, als er in der Bibliothek des Vaters eine Sammlung von Büchern über die Gegend entdeckt. Das hat ihm gefallen. Aber dann, schon beim Lesen von Erichs erstem Artikel war ihm klar geworden, Erich wäre besser geblieben, von wo er nachhaus gekommen war. »Aufdecken« nannte er das. Kritische Heimatkunde. Hinterfragen. Aufarbeiten. Und seine Kolumne »Aus unserer Ecke« werde da die Akzente setzen. Den Leuten ein kritisches Bewusstsein ihrer Herkunft, ihrer Vergangenheit zu vermitteln. Und die anonymen Anrufe darauf, die Drohbriefe bestätigen ihn nur noch darin. Auf faule Wurzeln gestoßen zu sein. Den Sumpf trockenlegen. Da wimmle es immer noch nur so. Das habe sich alles eingewintert gehabt. Jetzt, wo er die Decke wegzöge, da mache sich das bemerkbar. Der Schoß sei fruchtbar noch ... Und ihre Auseinandersetzung über »das« und »den Sumpf« und »die Vergangenheit« und »das kritische Bewusstsein der Leute« war sehr hart geworden. Auch er, sein Vater, habe vertuschen geholfen. Auch er sei da keine Ausnahme. Auch er wolle doch nur die Scheiße vergolden, hatte ihm Erich gesagt. So wütend hatte ihn das damals gemacht, dass er ihn laut wieder weit weg gewünscht hatte, wo er hergekommen sei. Und Erich war wortlos gegangen. Wochen danach hatten sie sich nicht mehr gesehen. Erich in seiner Stadtwohnung. Abgeschottet. Stolz. Stur. Dass er, der Vater, den ersten Schritt hatte machen müssen. Durch Jeanne.
Zu einem Mirabelle eingeladen hatte er Erich damals. Und Erich war gekommen. Seither ist der Mirabelle ihnen Friedenszeichen. Wink zur Versöhnung. Hatte Erich ihn schon eingeladen dazu in die Stadt. Jeanne. Wie sie vor dem Altar neben Erich steht. Über ihren Kopf die Linie verlängert, die andere Jeanne. Groß auf die Wand hinter den Altar gemalt. Das Schwert in der Hand. Ob Erich sich da nicht täuscht? Diese Hochzeit. Er redet ihm nicht hinein. Taube Ohren. Er sehe in Jeanne verkörpert, was er hier suche, weshalb er nachhaus gekommen sei, hat ihm Erich gesagt. Seine Wünsche, seine Vorstellungen. Und Jeannes Vorstellungen und Wünsche? Aber, denkt Philipp Hautz, darüber werden die beiden sich ausgesprochen haben. Dennoch. Ein Unbeha-

gen ist ihm geblieben. Nicht, dass er Jeanne nicht mag. Im Gegenteil. Er kennt sie so lange. Aber Erich, immer weg, nur in den Ferien da. Erich ... bricht er diese Gedanken ab, ob Erich sich nur nicht verrechnet hat.
28 hat sie gezählt. Aber Jeannes Dickkopf.
Herr erbarme dich,
Herr erbarme dich.
So stur ist sie ihrer Mutter gegenüber noch nie gewesen.
Bis heute nicht.
Christus erbarme dich,
Christus erbarme dich.
Obwohl, gibt Marie zu, auch sie immer ihren eigenen Kopf gehabt, hat durchsetzen wollen.
Herr erbarme dich,
Herr erbarme dich.
Dir wünsch ich eine Tochter wie dich, hört sie Thérèse, dass du das spürst, einmal spürst, wie das ist. Wenn sie wieder einmal Streit gehabt hatten. Dünn, diese Hochzeit. Die Liste der Hochzeitsgäste ist leicht zu behalten, die Jeanne ihr gezeigt hat. Und Marie geht sie noch einmal durch. 28 Personen. Auf ihrer Seite die Beaumonts, die Fontaines. In ihrer Reihe, neben ihr, Jacques. Am liebsten hätte er sich heute morgen die schwarze Krawatte gebunden. Wie für die Beerdigung. Und seine Augen! Als sei Jeanne gestorben. Nicht Hochzeit. Aber mit Jacques hat Jeanne immer leichtes Spiel gehabt. Vernarrt ist er in sie. Seine Tochter. Nicht einmal ausschimpfen hat er sie je können. Und auch, als sie ihm die Liste gezeigt hat, hat er nur schon gut, schon gut gesagt. Immer war alles, was Jeanne machte, schon gut, schon gut gewesen. Wie oft hatte sie sich geärgert, wenn nicht alles, was Jeanne machte, schon gut gewesen war. Jeanne, Jacques' wunder Punkt. Da durfte, da darf niemand dran rühren.
Was Robert gefühlt hat, wenn er vom Vater die Prügel bekam, die seine Schwester hätte bekommen müssen, hat sie sich oft gefragt. Dass Robert Jeanne hasst, wundert sie nicht. Obwohl, seit Jeanne in der nahen Kleinstadt Arbeit hat, ist kein Streit mehr zwischen den beiden. Aber als Kinder! Spielen kann der! So gut hat sie die Orgel noch nie gehört.
Nun bitten wir den heiligen Geist
um den rechten Glauben allermeist,
dass er uns behüte an unserm Ende,
wenn wir heimfahrn aus diesem Elende.

Die drei auf der Empore nicht zu vergessen. Später. Sie hat ihre Reihenfolge. Nach Jacques Robert. Neben Robert Leonie, seine Frau. Und Marie verzieht leicht den Mund. Ein bisschen mehr könnte Leonie doch auf sich halten. Es ist ihre Sache, ihre und Roberts. Aber heute ist Hochzeit. Der Mantel. Das Kleid schaut unten heraus. Der Kragen halb umgeschlagen. Und die Haare, als habe der Wind sie gekämmt! Dass Robert – aber die Frau müsste dafür ein Auge haben. Und einen Spiegel. Wie sie sich herrichtet. Um Gottes Willen, lieber würde sie sich die Zunge abbeißen. Nur keinen Streit im Haus. Sie müssen zusammen leben. Und Thérèse redet vermutlich sowieso schon zu viel dazwischen. Neben Leonie Pierre und Paul, Leonies Kinder. Der größere könnte sich am Kleinen ein Beispiel nehmen. Für seine fünf Jahre, noch nicht in der Schule, scheint Paul vernünftiger als Pierre mit seinen sieben. Leonie könnte ihm doch die Hände ruhig halten. Hin und her mit dem Gebetbuch über die Kirchenbank. Hin und her. Neben dem Großvater – Marie zögert – sie kann sich nicht daran gewöhnen, Großmutter zu sein, dabei ist sie es schon seit sieben Jahren, seit Pierre – neben dem Urgroßvater hielte er Ruhe. Die beiden verstehen sich, Pierre und Grand-pierre, der hinter ihr in der zweiten Reihe steht, ihr Vater. Ihre Mutter, Thérèse, wundert sich Marie, neben ihm nicht nur nicht in der zweiten Reihe, sondern da auch auf dem zweiten Platz. Wahrscheinlich war Grand-pierre zu langsam gewesen. Sein gemächlicher Schritt. Immer Spaziergang. So dass Thérèse vor ihm in der Reihe war. Oder die beiden sind nebeneinander, Frau rechts, durch den Hauptgang gekommen. Aber Jacques kniet auch neben ihr, Marie, auf dem zweiten Platz. Und ist mit ihr durch den Hauptgang gekommen, sie rechts.
Gloria in excelsis Deo
Et in terra pax hominibus bonae voluntatis.
Laudamus te.
Benedicimus te.
Adoramus te.
Glorificamus te.
Gratias agimus tibi propter magnam gloriam tuam. Domine, Deus, Rex caelestis.
Feierlich. Latein. Für Erich und Jeanne etwas Besseres: unterbricht Marie ihre Aufzählung.
Der Herr Pastor lässt sich nicht lumpen.
Weiter. Hinter Grand-pierre und Thérèse die anderen Fontaines. Nicht einmal beide Onkel hat Jeanne einladen wollen. Das würde zu viel. Ei-

nigermaßen ausgeglichen müsste die Zahl der Gäste von beiden Seiten sein. Eine kleine Hochzeit. Nur ihren Paten. Mit Frau und Sohn mit Frau. Das Viergespann. Georges, Yvonne, Gauthier, Madeleine. Ob bunte Reihe oder die Männer als Rahmen, eins weiß Marie, ohne zu schauen: als erster, vorn in der Reihe, steht Georges. Ihr Bruder. Der schöne Georges. Herzensbrecher, Frauenheld. Vielleicht immer noch. Sie hatte damals zwar oft lachen müssen, wenn er, Haare und Schuhe ein Glanz, samstagabends zum Tanz ausging, aber habe der einen Erfolg, hatte sie von den Mädchen gehört. Da kann sich Gauthier noch so anstrengen, neben dem Vater verblasst er. Georges zieht sich nicht an, Georges ist gekleidet. Wenn er lächelt, wie er sich bewegt, das ist nicht berechnet. Georges ist fein. Dadurch macht er oft unsicher, die um ihn sind, die mit ihm zu tun haben. Marie lächelt. Beim Tanz in den anderen Dörfern hatten die Mädchen ihm nie den Bauernjungen geglaubt. Er sei aus der Stadt. Wohin Georges dann auch gezogen ist. Wo er auch hingehört. Wenn nur ein bisschen auf Leonie abfärben würde von Georges. Sie muss nicht aussehen wie Madeleine, Gauthiers Frau. Die ist Verkäuferin in einer teuren Boutique. Und glaubt, Grace Kelly in früheren Jahren zu gleichen. So sieht sie aus! Nicht übertrieben, aber etwas mehr auf sich zu achten, das täte Leonie gut. So wie Yvonne, Georges zweite Frau. Nicht auffällig, aber gut angezogen, geschminkt. Marie dreht sich kurz um. Recht hat sie gehabt. Georges innen, der erste. Und Gauthier außen, das Schlusslicht der Fontaines. Dahinter noch, hat sie gesehen, Jacqueline mit Vater und Mutter, Walter und Isabelle.
Die Kleine hat heute einen guten Schutzengel gehabt. Nicht auszudenken, wäre dem Mädchen etwas zugestoßen! Nur Angeberei. Der eigene Vater und Georges Gauthier. Diese Autonarren. Verrückt. Einer wie der andere. Aber auch die Fontaines, und Walter und die alten Neys hatten gute Schutzengel. Nur ein wenig verbeultes Blech. Musiker, hatte Jeanne ihr erzählt, Freunde von Erich. Die drei auf der Empore. Ihre Namen hat Marie sich nicht merken können. Doch, einen, Issi. Der spiele Gitarre, Klavier, die Orgel. Den kenne Erich schon aus dem Konvikt. Auf der anderen Seite fällt Cilla Rau auf, lang, hager, Hautz' Haushälterin. Dass die in der Kirche, nicht in der Küche ist, und dort das Kochen im Auge hat, wundert Marie. Sie an Cillas Stelle stünde nicht hier. Und so ruhig da. Aber vielleicht wartet Cilla nur bis zur Trauung, geht dann. Sie steht auch allein für sich in der Kirchenbank hinter den anderen. Vor ihr, Marie riskiert einen Blick, der Fotograf mit Tochter und Frau. Erichs Paten.

Die Gérards. Über den Fotografen hat sie schon manches gehört. Verrückte Geschichten. Da ist sie gespannt. Er scheint ein nervöses Zucken ums Auge zu haben. Als blinzle er ihr zu, hat es ausgeschaut, als sie sich vor der Messe begrüßten. Vielleicht eine Berufskrankheit. Seine Frau könnte in ihrem Alter sein. Schönes volles, dunkles Haar. Vielleicht nachgefärbt. Aber tiefe Augenringe, als weine sie viel. Wer weiß. Über die Tochter. Da hätte sie Grund. Gott sei Dank, dass Jeanne nicht so aussieht. Frisur, Schminke, die Kleider. Da muss Marie sich zuerst gewöhnen. Da fehlen ihr noch die Worte. In der ersten Reihe sitzt Opa Ney. Viel mitgemacht hat er, hat sie Jeanne ausgefragt. Den Sohn noch nach dem Krieg verloren. Mit Munition gespielt. Die Tochter, Erichs Mutter, im Kindbett gestorben bei Erichs Geburt. Gebeugt sitzt er da, beide Hände auf den Spazierstock gestützt. Der zittert. Vielleicht der Autozusammenstoß …
Oma Ney schaut besorgt zu ihm hin, sagt etwas. Er schüttelt den Kopf. Der Lehrer, neben den beiden Alten, neben ihr, Marie, über den Gang, bemerkt davon anscheinend nichts. Schaut starr nach vorn. Ob auf die Bilder hinter dem Altar, den Altar, Pastor Claude Vigy oder das Brautpaar oder wer weiß wohin, wüsste sie aber gern.
Ein großer Vogel. Aber Grand-pierre hat gesagt: das ist kein Vogel. Ein Segelflugzeug ist das. Aber wie ein Vogel, denkt Paul. Segelflugzeuge kennt er. Er hat sie schon ganz nah gesehen. Am Boden. Auf dem Flugplatz. Am Flugtag. Mit Grand-pierre, Pierre und seinem Vater ist er dahin gefahren. In einer großen Halle. So viele Flugzeuge. Einen Film hat er da auch gesehen. Alles ist ganz klein gewesen. Winzig klein. Das sind Wiesen und Felder. Hat sein Vater gesagt. Und das der Wald. Und da ein Dorf. Die Straße und die Autos. Wie Tierchen. Wie Käfer sind sie gekrabbelt. Ein Segelflugzeug ist langsam. Immer im Kreis. Über dem Dorf. Ob alles so klein gewesen ist wie in dem Film? Grand-pierre und Pierre und er. Und die Wiese. Und das Pferd. Und der Weg. Die Häuser. Die Kirche. Der sieht uns, hat Grand-pierre gesagt. So hoch ist der nicht. Und Pierre hat mit beiden Armen gewunken. Und ist im Kreis gelaufen. Richtige Flieger machen Krach.
Düsenjäger sind schnell. Die sind schon weg, dann kommt erst der Krach. Die fliegen vor ihrem eigenen Krach davon, hat Grand-pierre geschimpft. Und bleiben tut ein weißer Streifen. Aber am höchsten fliegen die Raketen. Bis auf den Mond. Von da ist die Erde ganz klein. Und doch sehen sie alles auf der Erde. Die Astronauten. Mit ihren Fotoapparaten. Sogar die Hand in deiner Hosentasche, hat Grand-pierre gesagt und gelacht. Das glaubt er dem Grand-pierre aber nicht. Viel-

leicht wird er Astronaut. Dann fliegt er mit einem Raumschiff durch das Weltall. Wo die Sterne sind. Und Paul Beaumont schließt halb die Augen:
Und Pastor Claude Vigy ist Kommandeur.
Mit seinem weißen Raumanzug mit roten Streifen auf dem Rücken.
Und die Ministranten sind die Piloten.
Und der Altar ist die Kommandozentrale.
Und die Kirche das Raumschiff.
Der Kommandeur hebt die Arme.
Das ist das Zeichen.
Start.
Das Raumschiff hebt ab.
Draußen ist alles rot.
Sie fliegen.
Da wird Paul gestoßen. –
Setz dich, sagt Pierre.
Pastor Claude Vigy steht am Ambo:
– Lesung aus dem Buch Jesaia.
Wie Regen und Schnee vom Himmel fallen und dorthin nicht zurückkehren, sondern die Erde tränken, dass sie keimt und sprosst, dass sie Samen bringt dem Sämann und Brot als Speise, so ist es auch mit meinem Wort, das von meinem Munde ausgeht: Es kehrt nicht erfolglos zu mir zurück, sondern bewirkt, was ich will, und führt aus, wozu ich es sende.
Aber sie ertrinkt, die Erde. Seit einem Monat keine zwei Tage hintereinander mehr trocken. Soviel hat es seit vierzig Jahren nicht mehr geregnet. Die Sintflut. Hochwasser überall. Die Wiesen so nass, dass das Vieh im Schlamm steht. Unmöglich, aufs Feld zu fahren. So aufgeweicht. Der Traktor bleibt stecken. Und die Gebete um besseres Wetter?
Jacques Beaumont hadert.
Auf der anderen Seite die sind jetzt im Vorteil. Ausgenommen die zwei, die noch ganztags bauern. Nicht jeden Morgen der Blick aus dem Fenster. Die Sorgen. In der Fabrik ist jedes Wetter gut für die Arbeit. Aber für keine noch so bequeme, noch so sichere Arbeit in der Fabrik für noch so viel Geld würde er tauschen. Er ist Bauer. Davon lebt er. Dafür lebt er. Der Diersdorfer Walter hat doch nur noch den Autolack in der Nase. Der sieht doch nur noch Karosserien, Stoßstangen und Zierleisten. Aber vor allem, sagt Jacques sich, das ist sein Boden. Sein Land. Wie viel Arbeit hat er mit den Jahren hineingesteckt. Wie viel herausbekommen. Aufgeben

könnte er das nicht, nie, verpachten, verkaufen. Da steckt er mit drin. Deshalb versteht er die auf der anderen Seite nicht. Kaum Land mehr. Kein Vieh mehr. Ein armes Dorf. Gut, bei der Arbeit bei jedem Wetter ein Dach über'm Kopf. Ob es kalt ist oder warm, Schnee, Regen, Nebel oder trocken, das spürt er am eigenen Körper. Wenn er übers Feld fährt, ist da kein Dach. Das hört nicht auf. Hügel, so weit er sieht.
Deshalb geht ihm nicht in den Kopf: Jeanne will weg. Das tut ihm weh. Er hört Jeanne noch: sei mir nicht bös. Ich will weg. Er hat es zu verstehen versucht. Gründe genug hätte Jeanne. Sie hat es nicht leicht gehabt. Im Dorf. Rote Haare Sommersprossen. Und dazu noch gescheit sein. Da war viel Neid. Auch ihr Bruder. Am liebsten hätte Robert Jeanne umgebracht. Schon in der Wiege. Einmal, zum Glück, ist Marie dazugekommen, wie Robert Jeanne aus der Wiege zu schaukeln versuchte. Und ein anderes mal, einer aus dem Dorf war zufällig vorbeigefahren und hatte Schlimmes verhüten können, hatte Robert den Kinderwagen, in dem Jeanne saß, lachte und winkte, den steilen Feldweg hinuntergestoßen. Beide Male hatte Robert nach den verdienten Prügeln ihn nur trotzig angeschaut. Nicht geweint. Und er war erschrocken über Roberts Hass. Und Marie, die eigene Mutter – wie oft musste er, dem das sonst fremd und zuwider war – Marie ins Wort fallen und sie zurechtweisen, wenn sie im Streit Jeanne des Teufels nannte, die Roten, die hätten den Teufel gesehen, die Roten, das sei eine eigene Rasse, gestraft sei sie mit ihr. Weihrauch.
Vor dem Altar verneigt sich Pastor Claude Vigy und spricht leise:
– Heiliger Gott, reinige mein Herz und meine Lippen, damit ich dein Evangelium würdig verkünde. Dann nimmt er das Evangelienbuch vom Altar und geht zum Ambo. Die beiden Ministranten, der eine trägt eine Kerze, der andere schwenkt das Weihrauchfass, begleiten ihn.
– Der Herr sei mit euch.
– Und mit deinem Geiste.
– Aus dem Evangelium nach Matthäus.
Mit dem Daumen der rechten Hand bezeichnet er das Buch, dann sich selbst Stirn, Mund und Brust mit dem Kreuzzeichen.
– Ehre sei dir, o Herr. Weihrauch.
– Da aber die Pharisäer hörten, dass er den Sadduzäern das Maul gestopft hatte, versammelten sie sich. Und einer unter ihnen, ein Schriftgelehrter, versuchte ihn und fragte: Meister, welches ist das vornehmste Gesetz? Jesus aber sprach zu ihm: Du sollst lieben Gott, deinen Herrn von ganzem Herzen, von ganzer Seele und von ganzem Gemüte. Dies ist das vornehmste und größte Gebot. Das andere aber ist dem gleich:

Du sollst deinen Nächsten lieben wie dich selbst. In diesen zwei Geboten hängt das ganze Gesetz und die Propheten.
Wäre sie doch auch tot! Denkt Elis. Im Kindbett gestorben. Wie Clara. Erich, Claras Junge, vor dem Altar. Ihr Patenkind. Claras Hochzeit. Ein Jahr. Die Hochzeitsmesse fast schon das Totenamt. Einen schnellen Tod. Nicht faulen bei lebendigem Leib. Das miterleben zu müssen. Vom Fleisch fallen. Wie sie sich hasst. Ihren Körper. Ein Hohn ist das. Was der redet. Leicht liest sich das: deinen Nächsten lieben wie dich selbst. Weihrauch, Kerzen und Orgelmusik. Ihre Totenmesse. Aber so leben zu müssen. Was weiß der schon davon! Sie hat es auch nicht gewusst. Vor der Operation.
Ich will dich lieben, meine Stärke,
ich will dich lieben, meine Zier,
ich will dich lieben mit dem Werke
und immerwährender Begier;
ich will dich lieben, schönstes Licht,
bis mir das Herze bricht.
Sie kann nicht mitsingen. Wie gern hat sie früher gesungen.
Dass auf einmal alles anders ist! Ihr ganzes Leben. Ein Hohn. Sein Ekel ist schon auf sie übergegangen. Frisst in ihr. So etwas auch noch zu singen:
Und immerwährender Begier.
Die Operation. Dass alles anders geworden sein soll, deswegen nur, das kann sie nicht glauben. Aber weshalb?
Vorher – ungläubig hat sie oft den Freundinnen zugehört, wenn diese erzählten, mit ihren Männern sei nichts mehr los, vorbei, aus.
Sie hat nie mitreden können. Zu selbstverständlich war zwischen ihr und ihm, dass sie miteinander schliefen. Oft noch und unvermittelt. Auch tags.
Aber nicht nur, miteinander zu schlafen, in allem wussten sie voneinander.
Ich will dich lieben, o mein Leben,
als meinen allerbesten Freund;
ich will dich lieben und erheben,
solange mich dein Glanz bescheint;
ich will dich lieben, Gottes Lamm,
das starb am Kreuzesstamm.
Wie er sie nannte, daraus hörte sie schon, was er meinte, wie er fühlte. Welchen Teil ihres Namens er nahm, zeigte schon seine Stimmung, um was es ging.

Feierlich, viel Zärtlichkeit, weich der Klang, stimmhaftes s, auf dem i betont, Elisa hieß sie nur für besondere Augenblicke.
Bethi: Lachgrübchen sieht sie da, geblinzelt, nicht selten der Klaps auf den Hintern dabei, die Verkleinerungsform, wobei ihm -chens, -les, -leins und -leinchens zuwider sind. Sie nähmen den Wörtern die Würde, hatte er einmal bemerkt.
Scharf, die erste Silbe betont, Befehlsform, falsch aufgestanden, mach schon, soll, hol, wieso schon wieder, was denn, schlecht gelaunt, immer mit Drohung dahinter: Elis hat sie immer gehasst.
Elisabeth: unterschreib bitte hier, oder wenn sie mit Leuten waren, ihr Name, wie er im Ausweis steht, Geld, sachlich, Geschäfte, so auch seine Stimme dann.
Ach, dass ich dich so spät erkannte,
du hochgelobte Schönheit du,
dass ich nicht eher mein dich nannte,
du höchstes Gut, du wahre Ruh;
es ist mir leid, ich bin betrübt,
dass ich so spät geliebt.
Natürlich kam es vor, dass er verwechselte, Elisa, laut, hart gerufen, sie traf, oder Elis, Elis, geflüstert, sie erschreckte. Ausnahmen aber. Elisabeth nennt er sie jetzt. Nur noch Elisabeth. Nach der Operation. So ist er auch zu ihr.
Sie hätte es wissen müssen. Im Krankenhaus schon. Sie hat es gespürt. Wenn er sie besuchte. Nie ruhig sitzen konnte. Auf und ab ging, um nicht die andere Frau mit ihr im Zimmer zu stören, auf dem Gang. Hereinkam, schweißnass, wenn sie jemanden an ihm vorbei zur Operation geschoben hatten. Und den Tag nach ihrer Operation sei er am Fenster gestanden, hatte die andere Frau mit ihr im Zimmer ihr später erzählt, habe stundenlang nach draußen gestarrt, nur ab und zu den Kopf ihrem Bett zugedreht, um sofort wieder aus dem Fenster zu schauen.
Zu viel Phantasie, sagte er ihr, habe er, als sie ihn daraufhin ansprach. Seine Vorstellungskraft mache ihm sehr zu schaffen. Lasse zum Beispiel nicht zu, eine Spritze ohne Ohnmachtsanfall zu bekommen. Die Verkrampfung. Wenn dieser spitze, scharfe Gegenstand in seinen Körper fahre. Das Bild raube ihm die Besinnung. Oder die Blutentnahme. Oder sie am Tropf hängen zu sehen. Augenblicklich breche ihm der Schweiß aus, er müsse sich setzen, es werde ihm schwarz vor Augen. Woher das wisse er auch. Eine Zahnärztin, zu alt eigentlich schon für die Praxis, habe kurz nach dem Krieg ihm vor dem Zähneziehen die

Spritze in verschiedene Stellen des Zahnfleisches gestoßen, die beste Einstichstelle zu finden. Unerträglich. Seitdem habe er diese Angst, diese Abwehr.
Sie hätte es wissen müssen. Später, in der Kur. Einmal nur in vier Wochen war er da. Drei Tage. Ein Wochenende. Zu weit, gut, gibt sie zu. Aber diese drei Tage. Ein Fremder hatte sie besucht, ihr Mann. Kaum Berührungen, obwohl sie damals notwendiger gehabt hatte als irgendwann in ihrem Leben, angefasst, berührt zu werden. Scheu, als habe sich etwas zwischen sie beide geschoben, zog er sich ängstlich fast vor ihr zurück, hatte sie gespürt. Die für ihn fremde Umgebung vielleicht, vielleicht die vielen anderen, die alle das Krankheitserlebnis gemeinsam hatten, hatte sie sich eingeredet. Sich damit zu beruhigen versucht, nachdem er abgefahren war. Sie hätte es wissen müssen. Spätestens nach zwei Wochen wieder zuhaus. Wie er ihr auswich. Er müsse sich wieder gewöhnen. Und vermied, ihr zu nahe zu kommen. Als habe sie Aussatz, hatte sie ihm gesagt. Und seine Antwort, das lege sich wieder, sie wisse doch, seine Phantasie, hatte sie geglaubt. Was hätte sie tun sollen! Dann, als er zufällig die Tür zum Badezimmer aufstieß, sie nackt sah, die Tür wieder zuschlug, davonlief, war es ihr klar. Sie war nicht mehr seine Frau. Die Frau, die er gekannt hatte. Dass etwas an ihr fehlte, hatte ihn entsetzt. Der Schock.
Und sie hatte sich nicht zu helfen gewusst. Zu wem hätte sie gehen, mit wem hätte sie reden sollen? Zu einem etwa wie dem, der jetzt da vorn von gemeinsam die Last zu tragen, das Leid, spricht? Hätte sie dem von diesem Gefühl erzählen können, als sie vom Einkauf nachhaus kam, und aus dem Badezimmer sein Lachen hörte. Ihr Mann ... Und sie durch die angelehnte Badezimmertür die Tochter, nackt in der Wanne, und ihn auf dem Wannenrand sitzen sah, wie er ihr den Schaum in die Haare massierte. Was würde der da vorn davon verstehen!
Sie, so wie jetzt, mit Sprüchen füttern: deinen Nächsten wie dich selbst. Sie hasst sich. Ihren Körper. Sie hasst ihn, der ihr fremd geworden ist, ihren Mann. Neben dem sie immer noch lebt. Von der Erinnerung an eine gemeinsame Zeit.
Wäre sie doch auch tot.
Wie Clara.
Einen schnellen Tod.
Herrgott, einen schnellen Tod!
Jetzt komme die Mitte der Hochzeitsmesse, sagt der Priester, ihr Mittelpunkt auch: die Trauung.
Und er geht zum Brautpaar hinüber.

Ein Glück. Nicht er. Nur enttäuschte Gesichter. Immer wieder, wenn die Leute die Bilder sahen, die er gemacht hatte von ihnen, von dem Ereignis. Dass jetzt nicht er vorn am Altar vor dem Priester und dem Brautpaar herumhüpfen muss, das Auge am Sucher, auf dem Auslöser den Finger, freut ihn. So schnell wie der andere hätte er auch nicht sein können. Schon war der da. Vorn. Blitzlicht. Scheinbar einer aus der Verwandtschaft der Braut. Von ihrer Seite war er nach vorn gekommen. Jetzt erkennt er ihn. Der hat heute beim Autozusammenstoß den französischen Wagen gefahren. Sich aufgespielt wie Gott weiß wer. Das ist er. Zwei Fotoapparate um den Hals. Wie er die Position einnimmt. Wichtigtuer. Leicht in die Knie geht. Die Position wechselt. Neuer Blickwinkel. Zur anderen Seite stelzt. Sich aufbaut. Angeber. Wieder nichts. Nur Theater.
Denkt August Gérard, und kneift kurz das linke Auge zu. Das sieht der nie: Wie die drei Köpfe, Bräutigam, Priester, Braut ganz nahe waren für nur einen Augenblick.
Er hat das Bild. Schon fertig. Im Kopf. Sein Archiv. Abgelegt. Jederzeit griffbereit.
Jetzt Musik. Hierher gehört jetzt Musik. Nichts.
Trocken. Die Worte allein gelassen. Nicht aufgeladen durch die Musik. Laut in die Stille Wort für Wort wie bedeutend!
Priester:
– Erich Hautz, ich frage Sie, sind Sie hierhergekommen, um nach reiflicher Überlegung aus freiem Entschluss mit Ihrer Braut Jeanne Beaumont den Bund der Ehe zu schließen?
Groß der Mund.
Das Ja.
Nur der Mund, der Ja sagt.
Aber da vorn der, wie sollte er auch, steht nur herum. Kein Foto.
Auch nicht vom Mund der Braut.
Und nicht die beiden Münder, die jetzt auf die Frage des Priesters nach christlicher Erziehung der Kinder und der Bereitschaft, als christliche Eheleute ihre Aufgabe in Ehe, Familie, Kirche und Welt gemeinsam zu erfüllen,
Ja sagen. Ja.
Aber jetzt. So muss es sein. Diese Fotos sind gewünscht. Der Ministrant bringt ein Tablett. Darauf dürften die Ringe sein. Der mit den Fotoapparaten stellt sich breitbeinig. Gespreizt. Der Pfau. Und wartet.
Zwischen Bräutigam und Braut, schmal der Durchblick, ahnt August

Gérard mehr, als er sieht, das Tablett mit den Ringen darauf, darüber die Hand des Priesters. Jetzt den Bussardblick zu haben, wünscht er sich. Die weiche, weiße Hand des Priesters über den beiden Ringen. Wie sie segnet.
Nur das. Festgehalten. Ob die Hand des Priesters wirklich weich ist, feucht, schwammig?
Priester:
– Da Sie also beide zu einer christlichen Ehe entschlossen sind, so schließen Sie jetzt vor Gott und der Kirche den Bund der Ehe, indem Sie das Jawort sprechen. Dann stecken Sie einander den Ring der Treue an.
Wie sich die Stimme des Priesters verändert!
Anhebt, feierlich:
– Erich Hautz, nehmen Sie Ihre Braut Jeanne Beaumont als Ihre Frau an und versprechen Sie, ihr die Treue zu halten in guten und in bösen Tagen, in Gesundheit und Krankheit, und sie zu lieben, zu achten und zu ehren, bis dass der Tod Sie scheidet? Erichs Ja, obgleich es laut und bestimmt gesagt ist, hört August Gérard nicht, denn seine Frau, das Taschentuch auf den Mund gepresst, aber das hilft nicht mehr, schluchzt. Peinlich. Schluchzt so, dass Philipp sich umdreht. Sogar die von der anderen Seite drehen die Köpfe. Was tun! Elis schluchzt stärker. Sie zittert. Es schüttelt sie. Hilflos. Diese Hilflosigkeit. August beugt sich zu ihr, da stößt Elis die Tochter zurück, stolpert, das Taschentuch immer noch auf dem Mund, aus der Kirchenbank in den Gang, aus der Kirche hinaus.
Das Portal fällt zu.
Stille.
Als habe es keine Unterbrechung gegeben, dieselbe Tonlage, feierlich, fragt der Priester die Braut, hört ihr Ja.
Blitzlicht.
Der Bräutigam steckt der Braut den Ring an. Blitzlicht. Die Braut dem Bräutigam. Blitzlicht, wie der Priester die Hand der Braut in der Hand des Bräutigams mit der Stola umwindet, darüber dann seine rechte Hand legt und, an alle gewandt, sagt:
– Euch aber, die ihr zugegen seid, nehme ich zu Zeugen dieses heiligen Bundes.
Und noch feierlicher:
– Was Gott verbunden hat, darf der Mensch nicht trennen.
Die Vermählten knien nieder. Blitzlicht.
Der Priester spricht über die beiden ein Segensgebet. Das sind die ge-

wünschten Fotos, denkt August Gérard. Da gibt es keine enttäuschten Gesichter.
Elis Gesicht. Ihre Augen. Als schneide ihr einer ins Fleisch. Und das Schluchzen. Zittern. Und hinauslaufen. Und die Augen der anderen auf ihr. Auf ihm. Das behält er im Kopf.
Die Eindrücke, diesen Augenblick.
Gott der nach seinem Bilde
aus Staub den Menschen macht,
hat uns seit je zur Freude
einander zugedacht.
Er fügt euch nun zusammen,
lässt Mann und Frau euch sein,
einander Wort und Treue,
einander Brot und Wein.
Und Issi zieht alle Register. Ersetzt die fehlenden Mitsänger durch die Stimmen der Orgel. Wie im Konvikt. Er sitzt an der Orgel. Die Morgenmesse. Auf einem Zettelchen, das an der Orgel klebt, die Reihenfolge der Lieder. Dass er nicht früher darauf gestoßen ist ... Verdrängt vielleicht. Wie vieles von damals. Lange her, dass Erich und er über ihre Zeit im Konvikt gesprochen haben. Keiner von ihnen ist Priester geworden. Keiner hat sich einlullen lassen von den dümmlichen Reden des Herrn Direktors. Im Gegenteil. Geradezu gierig hatten sie, kaum aus dem Konvikt, Kontakt zu den Mädchen gesucht. Nachholbedarf, hatte Erich gelacht. Und sie hatten erkannt, was sie, noch im Konvikt, nur vermutet hatten: verdreht, völlig verdreht waren die Ansichten des Herrn Direktors gewesen. Abschreckung, keine Frau anzurühren, des Teufels, die Weiber, in sich das Böse. Er, ihr Direktor, habe es nie getan, nicht einmal geküsst, habe sich reingehalten, es nie bereut. Aber keiner von ihnen ist Priester geworden. Und Erich steht vor dem Altar. Mit seiner Frau.
Und wie der Mensch die Antwort
von Anfang an entbehrt,
solange er nicht Liebe
des anderen erfährt,
so sollt auch ihr von nun an
in nichts mehr ganz allein,
vereint an Leib und Herzen
einander Antwort sein.
Wie lange das gut geht? Erich und Jeanne. Denn irgendwo steckt es noch tief in ihnen. Das Konvikt. Keine seiner Beziehungen zu Frauen

hat zwei Jahre überdauert. Das scheint seine Zeit. Wie es bei Erich ist, weiß er nicht. Aber von einigen aus dem Konvikt weiß er um ihre Schwierigkeiten. Mehr als bei anderen, die nicht im Konvikt gewesen waren.
Obwohl, wenn er Mäck betrachtet, der neben ihm, neben der Orgel auf der Empore steht: Der gäbe jetzt seinen teuren Bass für ein Fernglas. Nur, um den Hintern des kleinen Ledermädchens unten im Kirchenschiff groß ins Bild zu bekommen. Die zeigt es aber auch. Wenn sie sich kniet, ist Mäck kaum noch zu halten. Mäck ist nicht im Konvikt gewesen. Aber auch seine Beziehungen sind immer nur flüchtig. Und immer sehr junge Frauen, Mädchen noch, halbe Kinder. Dabei, Mäck ist in dem Alter, da haben andere eine feste Arbeit, Kinder, ein Haus. Ein viertel Jahrhundert habe er schon auf dem Rücken, hat Mäck vor kurzem gescherzt. Aber, wenn er an sich selbst denkt, fünf Jahre älter als Mäck schon und auch noch nichts. Weder Familie, ein Haus, noch feste Arbeit. Nur die Angst sich zu binden.
Diese Schwierigkeiten scheint »Indien« nicht zu haben. Wie er dasitzt mit untergeschlagenen Beinen. Entspannt, gelöst. Der jüngste von ihnen. Wirkt aber wie der älteste. Seine Ruhe regt sie oft auf. Wenn er so lächelt, so vor sich hin. Obwohl ein Auftritt geplatzt, der Auftrag vom Rundfunk lächerlich gering honoriert worden ist, der Motor nicht anspringt, Text und Melodie einer Nummer nicht sitzen. Andererseits, seine Ruhe greift über, macht froh. Und dass er sehr gut Geige spielt, oder, wie »Indien« sagt, die Geige ihn spielt ...
Und wie zu zwei und zweien
der Mensch den Weg durchmisst,
wenn er zum Ende wandert,
und Gott ihm nahe ist,
so wird er bei euch bleiben
im Leben und im Tod;
denn groß ist sein Geheimnis,
und er ist Wein und Brot.
Jeanne Beaumonts Blues: ein schöner Titel für einen Song. Von einem Mädchen mit roten Haaren vom Dorf. Von dem ein Zauber ausgeht. Hexe. Verschrien. Das Mädchen flieht in die Stadt. Macht dort seinen Weg. Kehrt wieder zurück. Der Zauber ist fort. Verflogen.
Sagt an, wer ist doch diese ...
Auf die Melodie oder so. Dass er erst jetzt darauf stößt. Seit er hier an der Orgel sitzt. Die Kirchenlieder. Choräle. Nicht ihre Texte. Aber die Melodien. Was damit zusammenhängt, alles herauskommt. Gefühle

von Kind auf und später bis heute. Wie von weither. Verdrängt, aber noch nicht vergessen.
Das könnte sein Mississippi-Delta sein, sein Chicago City. Heiliger McKinley Morganfield! I feel like going home.
Und Issi verwandelt im Nachspiel unmerklich – nur Mäck schaut auf, und »Indien« lächelt noch breiter – das Kirchenlied in einen Blues.
Credo in unum Deum.
Patrem omnipotentem,
factorem caeli et terrae,
visibilium omnium et invisibilium.
Ob Charly Brown wirklich so spricht? Das ist ein Ami, hat ihr Vater gesagt. Sie schaut sich alles mit Charly Brown im Fernsehen an. Ein Ami ist ein Amerikaner. Der spricht auch so, hat ihr Vater gesagt. Amerikanisch. Ob der Herr Pastor wirklich Amerikanisch kann? Sie versteht nichts, was er jetzt betet. Nur »Jesum Christum«. Ihren Charly Brown hat sie verloren. Nach der Messe muss sie ihn wiederfinden. Er ist ihr bester Hüpfstein. Ihr Vater schimpft immer über ihre Hüpfsteine. Dass sie so amerikanische Namen haben. Charly Brown ist aber ihr bester. So einen runden Kopf. Wie lange sie so einen gesucht hat am Bach. Besser als Donald Duck und besser als Speedy Gonzales. Der ist viel leichter. Müllerchen ist am schwersten. Der hat keinen amerikanischen Namen. Einen deutschen hat der. Ihr Vater hat ihm den gegeben. So klein, so knubbelig ist der Stein, hat er gesagt. Ihre Mutter hat gelacht: Nur Fußball im Kopf. Dein Vater. Und Autos, hat sie gesagt.
Und heute ist sein Auto kaputtgegangen. Aber ihr schönes Kleid ist nicht schmutzig geworden. Und Tante Jeanne hat ihr geholfen. Sie hat sie ganz fest an sich gedrückt. Und als ihr Vater hat schimpfen wollen, da hat Tante Jeanne ganz laut gesagt: Sag nichts. Sag jetzt nichts. Da ist ihr Vater aber erschrocken. Und hat sich hingekniet vor sie und hat sie gestreichelt. Mein Mädchen, mein Mädchen, hat er gesagt. Da waren die Autos aber schon zusammengestoßen. Ein rotes in ihr weißes. Und ihr weißes ist an der Seite ganz rot gewesen. Und ihr Vater hat mit dem anderen Mann geschimpft. Lern erst einmal fahren, hat er gesagt. Und: du Null. Aber da ist schon ihre Mutter gekommen und hat sie mitgenommen. Weg von der Straße, hat sie gesagt. Und: Gott sei Dank! Und dann hat sie geweint, als Tante Jeanne ihr erzählt hat, wie die Autos zusammengestoßen sind. Die Verrückten, hat Tante Jeanne zu ihrer Mutter gesagt. Das war Glück. Und ein guter Schutzengel, hat ihre Mutter gesagt. Dann hat Tante Jeanne sie wieder an sich gedrückt.

Und gestreichelt. Aber da war Charly Brown schon nicht mehr da. Da wollte sie ihn suchen gehen, aber ihre Mutter hat sie nicht auf die Straße gelassen. Und Tante Jeanne hat gesagt: den findest du bestimmt wieder. Bestimmt. Nach der Messe muss sie ihn finden. So einen guten Hüpfstein hat sie noch nie gehabt. Ihren Charly Brown.
Und in die Stille zwischen den einzelnen Fürbitten, die alle jetzt im Wechsel mit dem Priester beten, sagt Jacqueline leise für sich: Lieber Gott, gib mir meinen Charly Brown wieder! Und laut mit den anderen:
– Christus, erhöre uns!
Dass nichts ohne Geld geht! Ob Robert genug Kleingeld eingesteckt hat? Sie kann sich nicht um alles kümmern.
Der Ministrant mit dem Geldkörbchen.
Für jeden zu sehen, wie viel schon darin liegt. Wie viel der Nachbar hineintut, auch. Zuerst kassiert der Ministrant die andere Seite ab. Von hinten nach vorn, hat Leonie mit einem Seitenblick festgestellt. Sie stößt Robert an. Der schaut erschreckt. Leonie macht schnell mit Daumen und Zeigefinger, als zähle sie Geld. Robert nickt. So schnell begreift er sonst nicht, denkt Leonie. Oft muss sie ihm etwas mehrmals sagen, erklären. Robert musst du mit dem Zaunpfahl winken, hat Thérèse ihr gesagt. Recht hat sie. Thérèse kennt sich aus. An Thérèse muss sie sich halten. Thérèse weiß alles. Aus der Familie. Vom Dorf. Von früher. Was heute los ist. Die lebendige Dorfzeitung, hat Marie einmal gesagt. Und dabei ein Gesicht gemacht! Die eigene Tochter. Marie ist neidisch. Bestimmt. Dass Thérèse so gut Bescheid weiß. Sie sitzt oft mit Thérèse zusammen. Auch wenn Marie das nicht gerne sieht, hat ihr Robert gesagt. Da macht sie aber, was sie will. Thérèse hat ihr damals geholfen, sich einzuleben. Das war anfangs nicht leicht. Immer umdenken. Umrechnen.
Dass sich alles ums Geld dreht! Immer rechnen, rechnen. Auch da hilft Thérèse ihr ab und zu aus. Marie noch nie. Streckt ihr was vor. Und hat es noch nie zurückverlangt. Wenn sie ihr das Geliehene zurückgeben wollte, hat Thérèse meist gelacht und gesagt: behalt es nur. Ihr braucht es nötiger. Recht hat sie. Zwei Kinder, der Mann. Und soviel bringt das Bauern nicht ein.
Das Geldkörbchen.
Fast nur Papiergeld darin. Zur Hochzeit lässt sich keiner lumpen. Lässt jeder was springen. Sie nicht. Auch wenn die Orgel noch so schön spielt. Sie will das Körbchen Thérèse weiterreichen, da greift Pierre danach. Ich auch: flüstert er. Robert gibt Pierre, dann Paul, denn was

Pierre hat, muss auch Paul haben, ein Geldstück zum Opfern. Von mir nichts, denkt Leonie, auch wenn der Pastor die Hände noch so weit auseinander breitet, als sie das Körbchen Thérèse gibt.
Wenn, ja, wenn – dann würde sie auch leichten Herzens einen Schein hineintun. Aber dann würde sie jetzt nicht hier stehen. In ihrem alten Mantel. Der sieht doch noch ganz passabel aus, hat Robert gesagt, als sie, zum wievielten Mal, ihm hat beibringen wollen, dass sie einen neuen Mantel braucht.
Wenn, ja, wenn – dann hätte sie jede Menge Mäntel im Schrank. Und rechnen, rechnen müsste sie auch nicht mit jedem Pfennig, jedem Franc. Wie oft schon hat sie den Abend damals zurückgewünscht, ihn anders ausgehen lassen, als er ausgegangen ist.
Weshalb hat Robert sie auch zum Tanz aufgefordert? Überhaupt, was hatte er in ihrem Dorf zu suchen? Nie vorher war er dort gewesen. Nicht einmal den Namen ihres Dorfes hatte er vorher gekannt, hat er ihr später gestanden. Zufall, durch Zufall. Wie oft schon hat sie in Gedanken diesen Zufall ganz anders spielen lassen: sie die Frau des anderen, das war schon fast fest, der ihr damals den Hof gemacht hat. Eine gute Partie: Land, Maschinen und Häuser. Geld. Und ihren Eltern wäre es recht gewesen. Sehr sogar. Besser kannst du es nicht mehr treffen, hat ihre Mutter gesagt. Und der Vater hat zustimmend genickt. Eine Zukunft. Von allen beneidet.
Großbäuerin. Unternehmerin.
Und dann dieser Tanz. Zugegeben, der andere hat keine Manieren. Wie er auf ihrer Hochzeit mit Brot und Salz hereinkam, stolperte, lang hinschlug, das Brot schoss über den Boden, das Salz ausgeschüttet, und er zu fluchen, zu schimpfen anfing, als die anderen Hochzeitsgäste darüber lachten. Er ist nicht fein. Aber ein Millionär.
Wenn, wenn, wenn ...
Aber Robert hat damals mit ihr getanzt. Mit seinem Charme. Während der andere eine Schlägerei hat anzetteln wollen. Deswegen. Und sie ist mit Robert gegangen. Sie haben geheiratet. So schwer hatte sie es sich nicht vorgestellt. Blind, verliebt, du bist blind, hat ihre Mutter geschimpft. Das ist ein anderes Land. Aber sie hat darüber nur gelacht. Das gerade hat sie gereizt. Sie rechnet es ihren Eltern hoch an, dass sie, wenn sie sie besucht, nicht darauf zu sprechen kommen. Nur einmal, als sie ihrer Mutter vom knappen Geld erzählt hat, vom ewigen Rechnen, hat sie gesagt: das hättest du dir früher überlegen müssen. Aber von anderen erfährt sie, was ihr alles entgangen ist: Schon wieder in Amerika. Und seine Frau ist immer dabei. Und die Kinder im sünd-

teuren Internat. Und ein Landhaus baut er sich. Und schon das dritte Auto in diesem Jahr.
Und und und.
Pierre und Paul sind gut geraten, gesund. Und Robert ist nicht schwierig. Sie kommt gut mit ihm zurecht. Wie Thérèse mit Grand-pierre, Marie mit Jacques. Die Männer im Haus haben wenig zu sagen. Weiberherrschaft, hat Robert einmal vor sich hingeknurrt. Laut hätte er sich das nicht getraut. Jeanne geht weg. Eine weniger. Aber drei Frauen im Haus sind immer noch zwei zu viel. Auf dem anderen Hof wäre sie die einzige gewesen.
Großbäuerin. Unternehmerin.
Und nicht in ihrem alten Mantel.
Schluss jetzt. Schluss.
Es ist, wie es ist. Ruhe.
Die Wandlung. Der Priester spricht:
– Denn an dem Abend, als er ausgeliefert wurde und sich aus freiem Willen dem Leiden unterwarf, nahm er das Brot und sagte Dank, brach es, reichte es seinen Jüngern und sprach:
NEHMET UND ESSET ALLE DAVON: DAS IST MEIN LEIB,
DER FÜR EUCH HINGEGEBEN WIRD.
Der Priester zeigt der Gemeinde die konsekrierte Hostie, dann legt er sie auf die Hostienschale und macht eine Kniebeuge. – Ebenso nahm er nach dem Mahl den Kelch, dankte wiederum, reichte ihn seinen Jüngern und sprach:
NEHMET UND TRINKET ALLE DARAUS: DAS IST DER KELCH DES NEUEN UND EWIGEN BUNDES, MEIN BLUT, DAS FÜR EUCH UND FÜR ALLE VERGOSSEN WIRD ZUR VERGEBUNG DER SÜNDEN. TUT DIES ZU MEINEM GEDÄCHTNIS.
Und das Geheimnis?
Wo ist das Geheimnis?
Fragt Erich sich.
Unvorstellbar: die krähende Stimme des Herrn Konviktsdirektors bei diesen Worten. Selbst durch ihn bekam diese Stelle der Messe Würde, wenn er, Beschwörung, die Worte der Wandlung flüsterte. Und, ob sie nun über die Hefte gebeugt, Vokabeln lernten, oder, wieder in Schlaf gefallen, die Träume fortsetzten, oder wirklich die Messe mitfeierten, irgend etwas geschah, ließ sie aufhören, aufhorchen.
Oft hatte er dann an seine Großmutter denken müssen, wenn sie, nach einer unerwarteten plötzlichen Stille bedächtig sagte: da ist ein Engel durchs Zimmer gegangen. Und als Kind hatte er sich das immer wieder

vor Augen geführt, wenn ihn, allein gelassen, die Stille zu erdrücken drohte: da ist ein Engel im Zimmer. Und das hatte ihn dann getröstet für kurze Zeit. So übermächtig war dieser Teil der Messe gewesen, dass das erste Mal alle vor Verwirrung entsetzt waren: mitten in die Stille hinein ein Furz. Wer, war das Frühstücksgespräch. Durch das Unvorhergesehene des Vorgangs war niemand fest auszumachen gewesen. Nach der nächsten Morgenmesse war es heraus. Einer aus den vorderen Bänken, wo die Kleinen knieten. Unscheinbar, die dickglasige Brille in einem Schafsgesicht, drehte er sich nach dem Furz in der heiligen Stille nach hinten, um die Wirkung abzusehen, ein Verbeugen nach dem Applaus, wer weiß. Die Spannung hielt eine Woche. Und regelmäßig erfüllte der Kleine ihre Erwartung. Bis einer der älteren, der die Messe immer andächtig mitfeierte und dem das zu weit ging, den Kleinen nach der Wandlung am Ohr aus der Bankreihe zog.
Dann war es wieder wie vorher. Obwohl es nicht mehr wie vorher war. Für ihn. Als sei da ein Knick, etwas gesprungen, ein Riss, dachte er sich lange Zeit diesen Furz in jede Stille. Geholfen hat es ihm auch.
Ein Albtraum, der ihm lange Zeit vor dem Einschlafen Angst gemacht hatte, war wie verflogen Er hatte geträumt, er knie in der Konviktskapelle. Allein. Mitten in der Nacht. Und plötzlich: an jeder Säule, in jeder Nische, auf jedem Podest die schrecklichsten Folterszenen. Blendungen. Geköpfte. Abgeschnittene Brüste. Ausgerissen die Fingernägel. Die Zunge herausgeschnitten. Gevierteilte. Der an der Geißelsäule. Von Pfeilen Durchbohrte. Aufgehängte, die geschwollene Zunge zwischen den Zähnen. Gerädert. Erschlagene. Auf dem Scheiterhaufen. Im Streckbett. Im siedenden Öl. Mit Stangen Ersäufte. Und vor und über allem der Gekreuzigte. Mit ausgefransten, geschwollenen Wundmalen, die Dornenkrone tief in die Stirn.
Und im zitternden Kerzenlicht fing das alles an zu leben, zu sterben. Zuerst mit leisem, aber durchdringendem Stöhnen. Dann lauter. Aufschreie. Dann das anhaltende Schreien der Gefolterten aus allen Ecken. Dass er wegwollte, laufen, aber angewurzelt.
Nichts ging.
Nicht einmal beten –
Wie der Herr uns zu beten gelehrt hat: Vater unser im Himmel.
Geheiligt werde dein Name.
Dein Reich komme.
Dein Wille geschehe.
Wie im Himmel so auf Erden.
Unser tägliches Brot gib uns heute.

Und vergib uns unsere Schuld,
wie auch wir vergeben unseren Schuldigern.
Und führe uns nicht in Versuchung,
sondern erlöse uns von dem Bösen.
Unser Vater.
Vielleicht deshalb, dass er dieses Gebet so mag, noch immer kann. Obwohl, ihr Vater, wenn er ihn gegen die Mutter hält: er hatte nie eine Chance. Vielleicht deshalb. Sagt sich Georges Fontaine.
Obwohl, es ist noch nicht lange her, dass er das als feig empfunden hat. Schwächling. Öfter mal mit der Faust auf den Tisch. Ein lautes Wort. Gezeigt, wer der Herr ist im Haus. Aber nie. Immer in Arbeit. Unauffällig. Immer Ohr, wenn die Mutter Geschichten aus dem Dorf vortrug. Nur manchmal sein missbilligendes Brummen, wenn sie es mit der Bosheit zu weit trieb. Und die Mutter kann das. Vor ihr ist niemand sicher und nichts. In allem fast Vaters Gegenteil. Vielleicht deshalb, dass sie so gut zusammenpassen. Und Georges Fontaine betrachtet die beiden Alten eine Bankreihe vor ihm.
Pierre und Thérèse, sagt er tonlos und hinter geschlossenen Lippen. Ob ihr Vater je einen bösen Gedanken gehabt hat? Komisch. Der Vater hieß er nie, wenn sie über ihn sprachen, immer unser Vater. Unser Vater ist im Stall. Unser Vater ist aufs Feld. Sogar die Mutter. Nie: mein Mann. Oder: Pierre. Auch für sie nur: unser Vater. Und als Marie einmal die Mutter schnippisch unterbrochen hatte: er ist nicht dein Vater, unser Vater, hatte Thérèse nur gelacht und: du ganz Schlaue! gesagt. Ihr Vater war immer für alle da gewesen.
Hatte ihnen allen gehört.
Dass er einen Narren gefressen hat an seinem Urenkel Pierre, so dass ihn alle nur noch Grand-pierre nennen, verständlich. Einmal jemanden nur für sich.
Damals: wo ist unser Vater? Was macht unser Vater? Wann kommt unser Vater? Wenn er weg war, fiel er auf. Anders als die Mutter. Laut die Stimme. Und ihr Lachen. Das ist heute noch so. Wo Thérèse ist, hört man. Wie Marie. Wie die Mutter, so die Tochter, sagten oft die Leute. Was Thérèse gern hörte, aber nicht Marie. Marie, die wollte anders sein. Aber, bis in die Bewegung oft, den Tonfall, wie sie lacht, ist Marie Thérèse. Herr im Haus die Frauen. Weiber. Gezänk. Hatte er das gehasst. Gehasst auch an seiner ersten Frau, wenn sie laut wurde. Wenn sie ihn mit ihrer Stimme schon in die Enge getrieben hatte. Kleingemacht. Hilflos. Dass er nur noch mit Zuschlagen antworten konnte. Undenkbar, dass Grand-pierre je. Sein Protest ist, zu schwei-

gen, gewesen. Wenn ihm auch, sichtbar, der Schweiß ausbrach. Wenn er zu zittern anfing und schnell in den Hof hinausging. Aus dem Weg. Nein, so war er nicht geworden. Nicht Georges wie Pierre. Auch wenn ihm nach dem Schlagen zum Erbrechen gewesen war, er hatte geschlagen. Auch wenn Claudine das nur das erste Mal so beeindruckt hatte, dass sie zu schreien vergaß. Ihn auch nicht mit was sie gerade greifen konnte, bewarf. Wie sie es später tat. Als ihre Streitereien fast täglich waren. Warum Claudine? Wo er doch Frauen hätte haben können, wie. Vielleicht deshalb. Weil sie nicht vor ihm in die Knie ging. Ihren Kopf hatte. Ihn durchzusetzen verstand. Oft mit unfairen Mitteln. Wenn sie seine seltene Offenheit schäbig ausspielte. Schwächen, die er ihr mitgeteilt, ausnutzte. Erschlagen hätte er sie oft mögen, wenn sie Ergebnisse ihrer Streitereien in Punkten angab. Ihre Siege.
Arme Yvonne, dass sie viel von dieser Wut hat ertragen müssen. Yvonne verdankt er, dass die Verachtung, die er nach seinem Bruch mit Claudine, nachdem sie geschieden waren, für alle Frauen hatte, allmählich vergangen ist. An Grand-pierre erinnert ihn ihre Art, immer um ihn zu sein. Leise. Unaufdringlich. Da. Yvonne. Ist er erschrocken, dass doch noch so viel Hass in ihm war, als sein Sohn seine Freundin mitbrachte! Das sei Madeleine, mit der werde er sich verloben. Nicht lange, und er hatte Madeleines Schmierenvorstellung durchschaut. Boutique und große Welt. Offensichtlich den reichen Kundinnen der Boutique, in der sie arbeitet, nachempfunden. Gauthiers Augen, wenn sie eine ihrer gespreizten Bewegungen machte. Jedes Wort von ihr ihm wie eine Offenbarung. Er hatte das nicht mehr ertragen können und sich entschuldigt, er habe zu tun. Mitansehen zu müssen, wie sein Sohn in dieser Falle saß. Glücklich zu sein scheint darin. Denn nicht nur verlobt, verheiratet sind die beiden inzwischen. Nichts hatte er dagegen tun können. Aber, das hat ihn gefreut, heute hat Gauthier es ihr gezeigt. Gut, zu schnell, zu unvorsichtig ist er gefahren. Das Wettrennen ist überflüssig gewesen. Gefährlich sogar. Aber wie Gauthier Madeleine, die ihn vom Rücksitz her mit schrillen Zwischenrufen hat dirigieren wollen, mit nur zwei Worten den Schnabel gestopft hat, hat ihn von seiner Angst befreit, Gauthier, ähnlich Grand-pierre, habe nie eine Chance.
Agnus dei, qui tollis peccata mundi:
miserere nobis.
Agnus dei, qui tollis peccata mundi:
miserere nobis.
Agnus dei, qui tollis peccata mundi:
dona nobis pacem.

Jetzt ist sie seine Frau. Auch vor Gott: Jeanne Beaumont-Hautz. Die Hochzeitsreise! Maria hat ihr geholfen. Dank dir, heilige Maria! Wie sie sich freut. Die Großstadt. Andere Menschen. Erich schreibt vielleicht von dort einen Bericht für die Zeitung. Wenn er Lust hat, hat er gesagt. Die wird sie ihm machen. Dass er dort schreibt. Das ist ihr Plan. Weg von hier. Kämpfen kann sie. Wenn nötig, mit Feuer und Schwert wie ihre Namenspatronin. Auch als Erichs Frau wird sie nicht ihre Träume verlieren, wie Isabelle meint. Im Gegenteil. Er wird ihr helfen, sich dort zurechtzufinden. Arbeit. Sie hat die Kraft. Die spürt sie.
Du starker Turm Davids,
du elfenbeinerner Turm,
du goldenes Haus.
Und der Ring fesselt sie nicht, wie Isabelle meint. Das ist ihr Schlagring. Sie schlägt, sie schlagen sich durch. Das weiß sie. Nur weg von hier. Isabelle, das versteht sie, ist traurig. Sie auch, Isabelle nicht mehr täglich sehen, mit ihr sprechen zu können. Aber die Freude ist stärker. Er wird dort schreiben. Sie arbeitet in ihrem Beruf. In der nahen Kleinstadt kann sie nicht viel mehr erreichen: ihre Dekorationen in der Zeitung abgebildet, sie vom Chef persönlich gelobt, was ist das schon. Wenn die anderen nichts oder kaum etwas können, braucht einer nicht viel, der beste zu sein. Was sie braucht: Wettstreit. Reibeflächen. Neue Ideen. Verrückt sein zu können, wie es nur geht. Und das hat ihr Erich gesagt: die vielen Geschäfte, Schaufenster, die riesigen Ausstellungsflächen, da könnte sie zeigen, was sie im Kopf hat. Ihre Einfälle nicht mehr nur kopfschüttelnd belächelt zu sehen wie hier von diesen Nieten, denkt sie. Und das musste ihr Erich versprechen: kaum sind sie angekommen, geht er mit ihr. Beziehungen hätte er, hat er gesagt. Und sie hat die Hefte mit ihren Ideen, mit ihren Skizzen schon eingepackt. Jahre hat sie daran gearbeitet. Jeden Einfall notiert und aufgezeichnet. Da ist einiges drin. Sie wird kämpfen. Jeanne Beaumont-Hautz. Und Erich hilft ihr, ihr Mann.
Herr, ich bin nicht würdig,
dass du eingehst unter mein Dach,
aber sprich nur ein Wort,
so wird meine Seele gesund.
Selig, die zum Hochzeitsmahl des Lammes geladen sind.
Fügt der Priester hinzu.
Ein Wort. Herrgott. Nur ein Wort. Bittet Yvonne. Aber, ist sie krank? Nur weil sie liebt? Ihn immer noch mehr liebt als sich selbst? Dass er

schon einmal verheiratet war, was zählt das. Wenn, dann doch nur die Liebe. Wie sie gelitten hat. Immer noch leidet. Jedes mal der Stich, wenn sie die anderen zum Tisch des Herrn gehen sieht. Und sie nicht. Nur, weil Georges geschieden ist. Und sie ihn geheiratet hat. Gott verzeih ihr, dass sie Georges Frau früher zur Hölle gewünscht hat. Ihr alle Schuld gegeben. Dass sie ausgestoßen ist. Ausgeschlossen von den heiligen Sakramenten. Da hat sie Claudine noch nicht persönlich gekannt. Nur aus den Gesprächen mit Georges. Alles hat sie wissen wollen von ihr, von seiner ersten Ehe. Aber Claudine, die unvermittelt eines Tages ihr gegenüberstand, war nicht die aus den Gesprächen gewesen. Die hatte, so Georges, ihn immer gepeinigt, gedemütigt.
Die Überlegene. Und immer nur an sich gedacht. Ihr Leben leben. Ihn mit dem Kind allein gelassen. Nach Afrika. Jahre nichts von sich hören lassen. Kaltherzig. Wie kann eine Frau so sein, eine Mutter, hat sie damals gedacht. Und sie, Gott möge ihr das vergeben, verflucht.
Und dann stand sie vor ihr. Zurück aus Afrika, für eine kurze Zeit, hatte sie ihren Sohn sehen wollen. Aber Georges, dem sie geschrieben, den sie immer wieder angerufen hatte, hatte abgelehnt, sagte sie ihr. Da war sie gekommen. Und sie hat sie hereingebeten. Ihr Kaffee angeboten. Gauthier ist noch in der Schule gewesen. Und sie hat sich mit ihr unterhalten. Zögernd anfangs und unsicher. Sie beide. Aber dann fiel es leicht. Ging es schnell. Und wie aufgeregt Claudine gewesen ist, als Gauthier nachhaus kommen sollte. Und dann hat sie die beiden allein gelassen. Und beim Weggehen haben sie beide geweint. Sie und Claudine. Jede aus einem anderen Grund wahrscheinlich. Aber ab da hat sie die Schuld nicht mehr Claudine allein geben können. Sie hat Georges sogar widersprochen, als er ihr damals vorwarf, sie hätte das niemals zulassen dürfen. Claudine und Gauthier. Strafe muss sein. Rache hätte er auch sagen können, hat sie ihm darauf gesagt. Und Georges ist sprachlos gewesen. Wie sie ihn vorher noch nie erlebt hat.
Wie lange ist das schon her. Vorbei.
Überwunden hat sie aber immer noch nicht, wird sie auch nie, dass sie nicht zur Kommunion gehen darf. Der Schock, als der Pastor sie damals an der Kommunionbank bewusst übergangen hat. Tagesgespräch im Ort. Und sie sich nicht mehr getraut hat. Weder in ihrer Gemeinde noch irgendwo anders. Übergangen. Herrgott, warum.
Gehadert hat sie mit ihm in ihren Gebeten.
Ein Wort nur.
Ein Wort.
Der Priester steht am Altar:

– Lasset uns beten.
Er breitet die Hände aus:
– Barmherziger Gott, du hast uns alle mit dem Brot vom Himmel gestärkt. Erfülle uns mit dem Geist
deiner Liebe, damit wir ein Herz und eine Seele
werden. Darum bitten wir dich durch Christus
unsern Herrn.
Alle:
– Amen.
Der Priester, zur Gemeinde gewandt:
– Der Herr sei mit euch.
Alle:
– Und mit deinem Geiste.
Der Priester:
– Es segne euch der allmächtige Gott,
der Vater und der Sohn und der heilige Geist.
Alle:
– Amen.
Mit gefalteten Händen spricht der Priester:
– Gehet hin in Frieden.

Kapitel III

Ein guter Koch
ist ein guter Arzt.

(Altes Sprichwort)

Für Cilla

Endlich!
Seufzt Cilla.
Endlich sitzen sie. Gott sei Dank. Nach Tischkärtchen genau. Jeder an seinem Platz. Hat das gedauert!
Zuerst der Schnaps. Schon an der Tür. Einen eichenen Boden dem Magen einziehn, hat Grand-pierre Fontaine gemeint. Und mit einem Schluck den Satz wahr gemacht. Zwetschen oder Zwetschgen. Darüber waren vor ein paar Tagen Erich und der Lehrer in Streit geraten. Der Lehrer, Erich und sie hatten um den Küchentisch gesessen, um ein Gläschen vorzukosten. Gut gebrannter, abgelagerter 77er, den der Lehrer, 3 Flaschen, zur Hochzeit stiften wollte. Als Erich die Flasche in die Hand nahm und lauthals lachte. Das Etikett, das Etikett sagte

er, als der Lehrer fragte, was es zu lachen gäbe. In der schönen, steilen Schrift des Lehrers war »Zwetschen« darauf geschrieben. Zwetschen 77. Schnell hatte Erich den Kugelschreiber aus der Jackentasche und ein »g« eingefügt. Wieso er dazu komme, ein »g« einzufügen, hatte sich der Lehrer geärgert. Wieso Erich glaube, die Rechtschreibung für sich gepachtet zu haben. Zwetsche heiße es, die Zwetschen, seit eh und je. Und er hatte Erich den Kugelschreiber aus der Hand gerissen und das »g« ausgestrichen. Wetten, hatte Erich gesagt, er wette, dass es die Zwetschgen heiße, nicht Zwetschen. Und die beiden hatten gewettet: ohne »g« ziehe der Lehrer die drei Flaschen zurück, mit »g« erhöhe er auf fünf 77er.
Erleichtert hatte sie die beiden lachend aus dem Bücherzimmer kommen sehen. Keiner, beide hatten recht gehabt. Zwetschen wie Zwetschgen war richtig. Und hätte sie Zwetschken gewettet, auch sie hätte gewonnen, hatte Erich gelacht. Und der Lehrer hatte nicht zurückzuziehen brauchen und nicht erhöhen müssen. Wenn jeder Streit zwischen den beiden so ausgegangen wäre und weiterhin so ausgehen würde. Was gäbe sie darum!
Nach dem Schnaps das Herumstehen. Dann, Erich und Jeanne mussten die Gäste mehrmals bitten, auffordern, sich doch an die Hochzeitstafel zu setzen, das Suchen nach dem Platz am Tisch. Dort erstaunte, amüsierte aber auch bitterböse Mienen, hatte sie beobachtet, wenn die Gäste den Spruch zu ihrem Namen auf dem Tischkärtchen lasen. Sie bezweifelt, dass die Tischkärtchen eine gute Idee waren. Erichs Idee. Aber auch Jeanne war mit Feuereifer dabei gewesen. Eine Personenliste hatten sie sich gemacht. Und für jeden darauf einen Spruch. Er finde in speziellen Büchern der Stadtbücherei immer wieder neue Sprüche, erzählte Erich, die sie dann neben die entsprechenden Personen auf die Liste klebten. Manche hätten schon mehrere Sprüche. Da müssten sie den passendsten auswählen.
Die Liste durfte niemand sehen. Geheimnis, hatte Erich ihr gesagt, Staatsgeheimnis. Aber aus dem Kichern und Lachen, wenn sie über die Liste redeten, wusste sie, dass nicht nur harmlose Sprüche neben den Namen klebten. Die Kärtchen hat Jeanne dann gemalt. Das kann sie. Ihr Beruf. Auch einen richtigen Plan hatten sie sich für die Hochzeitstafel im großen Raum gemacht. Wie sie die Gäste setzten: wer neben wem und wem gegenüber. Und wieder umsetzten! Wie Figuren, hatte sie sich gedacht.
Erichs Vorschlag, die Hochzeitstafel dem berühmten Gemälde vom Abendmahl nachzustellen, hatten sie aufgeben müssen. Zu lang wäre

die Hochzeitstafel geworden, alle auf einer Seite. Darüber ist sie froh. Das muss doch nicht sein, hat sie zu Erich gesagt. Aber er hat wie immer nur gelacht, wenn es darum geht: Glaube, Kirche oder Gott. Darüber macht man keine Witze. Das ist ihr Ernst.
Jetzt, wie sie sitzen, läuft eine Linie unsichtbar quer durch den Tisch, teilt die Tafel in Erichs Seite und die Seite von Jeanne. Die beiden die Mitte. Ein Glück, dass der Diersdorfer Walter weit weg sitzt von Gauthier Fontaine. Die beiden nebeneinander oder sich Aug in Aug gegenüber: der nächste Zusammenstoß.
Aber, kaum haben alle ihren ihnen bestimmten Platz, da bittet der Fotograf, den Fotoapparat in der Hand, die Tochter nach draußen. Ein komischer Mensch, Erichs Pate. Sie wird aus ihm noch nicht klug. In der Kirche hat er kein Bild vom Brautpaar gemacht. Nach der Trauung, vor dem Kirchenportal, wie es üblich ist, die ganze Hochzeitsgesellschaft um das Brautpaar aufgestellt, auch nicht. Beide Male hat Gauthier Fontaine die Fotos gemacht. Aber, und das versteht sie nicht, der Fotograf, genau hat sie es gesehen, hinter ihm ist sie gestanden, hat Gauthier Fontaine fotografiert, wie er das Bild von der Hochzeitsgesellschaft macht. Auf Gauthiers Foto ist sie gespannt. Wie das aussieht, wenn der Fotograf, den Fotoapparat im Gesicht, zwischen den Hochzeitsgästen steht. Und jetzt kommt seine Tochter zurück, beugt sich zu ihrer Mutter, sagt etwas, aber die schüttelt den Kopf. Elis, Erichs Patin, geht es nicht gut. So, wie sie aussieht. Bleich und dunkle Augenränder. Verweinte Augen. Während der Trauung ist sie aus der Kirche gelaufen. Schlecht wird ihr geworden sein. Aber anstatt Elis steht der Lehrer auf, nimmt sein Kärtchen – gern wüsste sie seinen Spruch – und geht nach draußen.
– Der Nächste bitte! Das Tischkärtchen nicht vergessen! August ist doch immer noch der Alte. Verrückt. Verrückt wie früher. Ein Kopffoto mit Kärtchen. Von jedem Hochzeitsgast.
Das also.
Thérèse springt auf. Die hat noch Leben. Für ihr Alter. Wenn ihre Stimme nur nicht so durchdringend wäre:
– Eine Frau unter einem Dach: Friede.
Zwei Frauen unter einem Dach: Zwietracht. Drei Frauen unter einem Dach: Klatsch.
Thérèse lacht. Alle lachen. Nein, nicht alle. Marie schaut sauer. Und Leonie vor sich hin. Den Spruch könnte Jeanne ausgesucht haben. Sie zieht ja aus. Bleiben noch Thérèse, Marie und Leonie im Haus. Bevor Jacques Beaumont zum Fotografiertwerden hinausgeht, liest auch er seinen Spruch vor:

– Die Natur ist das einzige Buch,
das auf allen Blättern großen Gehalt bietet.
Goethe.
Bis alle fotografiert sind, will sie nicht warten mit dem Essen. Am besten, sie bittet den Herrn Pastor um das Tischgebet.
– Segne, Vater, dieses Essen.
Lass uns Neid und Hass vergessen,
schenke uns ein fröhlich Herz.
Leite du so Herz wie Hände,
führe du zum guten Ende
unsre Freude, unsern Schmerz.
Amen.
Schön. Auch wie er heute die Hochzeitsmesse gehalten hat. Seine Predigt. Nicht übertrieben, nicht zu lang. Und doch feierlich. Oft hat sie schon gedacht, wenn sie nicht dem Lehrer den Haushalt führen würde … Denn die alte Ann, die dem Pastor sauber macht und auch kocht, kommt nicht mehr täglich. Oft nur noch einmal die Woche. Und im Winter gar nicht. Sie hat es in den Beinen, heißt es. Es geht nicht mehr. Da muss er sich selber helfen. Kochen könne er zwar, hat sie im Dorf gehört, aber wie. Da tut es ihm sicher gut, heute hier mitzufeiern.
Die Suppe:
Rindfleischsuppe mit Markklößchen. Dazu Weißbrot und Wein oder Bier oder Most oder Limonade, grün und rot, für die Kinder. Dafür hat Erich gesorgt. Wie früher, hat er gesagt. Alles wie früher. Wie lange hat er suchen müssen, bis er die farbige Limonade bekommen hat! Da hat sie mehr Glück gehabt. Zufällig, bei einem Besuch ihrer Schwester im Vorort der nahen Kleinstadt, hat sie von ihr erfahren, dass die vier A's, so hießen sie, für Feiern wie Kindtaufe, Kommunion, Hochzeit und Leichenschmaus kochten, für bis zu 60 Personen. Und das sei das Besondere: wie früher. Wie vor dem Krieg. Wie in ihrer Kinderzeit. Was es damals zu Festen für Essen gegeben habe. Dabei, die vier seien noch gar nicht so alt. Aber, sie selbst habe es einmal erlebt, einmalig, wie die vier die alten Rezepte beherrschten.
Sowohl der Lehrer wie Erich und Jeanne waren sofort dafür.
Ein Hochzeitsessen wie früher.
Und so hatte sie Anna, eine der vier, getroffen. Und nicht nur das Kochen, die ganze Hochzeit richteten sie aus, hatte Anna gesagt. Gedecke, Bestecke, Tische und Stühle, die Speisen, Getränke, sogar die Musik, alles werde von ihnen gestellt. Auch um Dekoration, Auf- und Abtragen, Spülen und Wiederherrichten der Wohnung brauche sich

niemand zu kümmern. Für ungefähr dreißig Personen? Ein Leichtes sei das. Und beim zweiten Treffen, diesmal im Haus des Lehrers, war auch Maria dabei gewesen. Anna, Maria, Martha und Rosa, so hießen die vier. Deshalb, hatte Anna gesagt, die vier A's. So hätten sie zuerst die Leute, dann sie selbst sich genannt.
Wie sie dazu gekommen seien, hatte der Lehrer gefragt. Und Anna, die anscheinend immer für die anderen sprach, auch die älteste, hatte gesagt, das habe sich so ergeben. Sie hätten sich schon lange gekannt, durch ihre Männer auch. Dann hier und da ausgeholfen bei Festen. Zum Beispiel in den Vereinen der Männer. Und langsam, wie von selbst fast, hätten sie über den Spaß hinaus zur gemeinsamen Arbeit gefunden. Und seit ihr Mann und Rosas Mann arbeitslos seien, machten sie das sozusagen hauptberuflich. Anfragen mehr als genug. Denn auf jedem Fest seien so viele Leute, denen das gefalle, und die dann, wenn sie selbst ein Fest hätten, nach ihnen fragten. Die Männer bauten nur auf, Tische und Stühle, besorgten auch die Getränke, wenn es erwünscht sei. Aber darüber hinaus alles andere, Einkaufen, Backen, Kochen, Bedienen, Aufräumen, das sei Sache der Frauen. Ihre Sache. Zwei Dinge, hatte Erich eingeworfen, würde er gern selbst organisieren. Einmal, wie die Tische aufzustellen seien, da habe er schon einen Plan, zum anderen die Getränke. Außerdem, die Musik sei schon bestellt. Und Jeanne: sie übernehme die Tischdekoration. Kein Problem, das sei überhaupt kein Problem, hatte Anna gesagt.
Und so waren sie einig geworden.
Martha und Rosa tragen die Suppenschüsseln auf. Schwarzer Rock, schwarzer Pullover, darüber eine kurze, weiße Kittelschürze, in Brusthöhe, klein in Schwarz der Name aufgestickt, ein weißes Spitzenhäubchen im Haar, sehen sie gut aus.
– Selbst gemacht?
Der Fotograf, die Suppe hat ihn reingelockt, denkt sie, und eben mit der Nase fast in Rosas Suppenschüssel, steht jetzt vor ihr.
Ob er die Rindfleischsuppe meint oder darin die Markklößchen, sie nickt.
Obwohl, sie hat mehr zugeschaut. Geholfen auch. Nur wenig aber. Denn Anna, Maria, Martha, Rosa sind bestens eingespielt. Und dann: die großen Töpfe. Wo hätte sie die herbekommen? Ausleihen, aber wo? Und wer verleiht schon Töpfe! Und kaufen, für die ein-, zweimal, die sie sie braucht ... Und dann das Rindfleisch. Schöne Stücke. Ausgesucht. Dazu die Rosenknochen. Martha, die kaufe ein. Anfangs bei dem, dann dem. Doch mit der Zeit, auch durch Erfahrung, sei

sie Stammkundin bei bestimmten nur geworden. Ihr Metzger wisse schon, auch ihr Gemüsehändler, wozu das Fleisch, Gemüse, die Salate, dass auch in Mengen Qualität sein müsse.
Die Rosenknochen aufgesetzt in kaltem Wasser. Wie sie es auch tut. Das Rindfleisch erst ins kochende. Dann Sellerie und Lauch und Möhren – neu nur war ihr das Maggikraut – und Maggiwürfel, Salz dazu. Kochen lassen zwei, drei Stunden je nachdem. Das schmecke sie, sagt Anna. Das rieche man schon, wann es Zeit sei. Dann abgegossen durch ein feines Sieb. Dass Knochensplitter, Spitzchen hängen blieben. Und dann, wie früher üblich, heute kaum noch, vor dem Servieren eine knappe Viertelstunde, Tapioka Julienne zugeben. Das hatte sie vergessen. Aber schon beim Nennen war ihr, als säße sie als Kind am Sonntagstisch, die Suppe vor sich, und sie hört die Mutter sagen: das ist nur Tapioka Julienne. Die kleinen Klümpchen Schleim, die in der Suppe schwammen … Und fünf Minuten vor dem Auftragen die Markklößchen hinein. Und ziehen lassen. Dass sie nicht zerfallen, sei das Kunststück. Das ist ihr nie passiert. Allerdings, schlechten Gewissens gibt sie zu, dass sie schon lange keine mehr gemacht hat. Selbst. Sie kauft sie. Eingeschweißt. Es lohne sich für zwei, gut, für drei, wenn Erich da war, nicht, hat sie sich eingeredet. Leicht gemacht.
Denn wie viel einfacher ist es, die Fertigpackung aufzuschneiden, als, wie sie gestern Anna zugeschaut hat, das Mark vorsichtig aus den Knochen zu lösen, es in er heißen Pfanne dann zum Zerlaufen zu bringen, danach die Knöchelchen auszusieben, das Mark erkalten zu lassen, die Eier darüber zu schlagen, dann in diese Masse Salz, Pfeffer, Maggi, Muskatnuss und Petersilie zu geben, und nach und nach Paniermehl – Weckmehl könne es auch sein –, bis man Markklößchen daraus formen kann, wie große Murmeln etwa, und dann auf einer Platte aufzureihen zum Trocknen über Nacht.
Selbst gemacht. Hat sie dem Fotografen zugenickt.
Da fällt ihr ein: zuhaus, als Kinder suchten sie immer in der Suppe nach Worten. Buchstabensuppe. Und wer ein Wort zusammenfand, war der Gewinner. Wie oft war ihnen da die Suppe kalt geworden. Hatte der Vater sie ausgeschimpft, zu essen, nicht zu spielen.
Hungrig ist sie noch nicht. Das ist auch gut so. Sie wird nachher mit den vier A's erst essen. Einer muss die Übersicht haben.
– Wenn ihr mir schon so einen Spruch anhängt, dann sorgt auch dafür, dass ich mich daran halten kann!
Ruft der Diersdorfer Walter.

– Also, Walter!
Stößt ihn seine Frau.- Was denn! Hier steht:
Noch keiner starb in der Jugend,
wer bis zum Alter gezecht.
– Walter!- Was denn! Weisheit ist das.
Gar nicht so dumm, Herr Bodenstedt.
– Wer?
– Von dem ist der Spruch. Steht da.
Also, wo ist mein Bier?
Lacht er.
Ein Glück, der Diersdorfer Walter nimmt seinen Spruch nicht so ernst.
Oder doch?, denkt Cilla, als sie ihm aus der Küche das nächste Bier
bringt. Durst hat er. Zu viel. Zu oft, hat seine Frau gesagt. Nicht einmal mehr ein ganzes Fußballspiel halte er durch. Nur noch im Sitzen.
Vor dem Fernsehgerät. Das Bier neben sich. Da sei er aktiv.
Man sieht es ihm an.
Das mache die Ehe aus Männern, hat Erich zu Jeanne vor kurzem gesagt, als sie über Walter und Isabelle geredet haben. Früher ein guter
Sportler – und heute? Aber Jeanne, und da gibt sie ihr recht: das habe
nichts mit Ehe zu tun, im Verein, nach jedem Spiel, sie wisse Bescheid,
da werde getrunken. Die zögen ihn mit.
Nur ein Jahr älter als Erich. Aber wenn sie vergleicht, vom Aussehen
her, liegen Jahre zwischen den beiden. Erich sieht jung aus. Aber von
ihr aus kann Walter trinken, soviel er will. Bier ist genug im Haus. Für
die Hochzeit. Von da, wo sie steht, hat sie den Überblick. Dreizehn
Gäste um die eine, dreizehn um die andere Hälfte der Hochzeitstafel.
Gut abgezählt. Nur in der Mitte, Erich und Jeanne gegenüber, zwischen den beiden Hälften, zu keiner zu zählen, das Gleichgewicht ginge verloren, der Herr Pastor. Dreh- und Angelpunkt zwar. Aber allein
er für sich. Genau auf der Grenze.
Ob er oft einsam ist? Öfter schon, nachts, wenn sie die Nerven plagen,
und sie nicht einschlafen kann, und sie dem Rat des Lehrers gefolgt ist,
tief durchzuatmen am Fenster, hat sie, hoch über dem Dorf, noch Licht
aus dem Küchenfenster im Pfarrhaus gesehen. Was er jetzt macht, hat
sie sich vorgestellt:
Wie er am Küchentisch sitzt, den Kopf in die Hände gestützt über
seinem Brevier, langsam einnickt, hochschreckt und weiterbetet. Oder
aber, den Schlaftrunk vor sich, einen schweren Roten, der leicht zu
Kopf steigt, und ein Stück Weißbrot dazu, wie sie es aus einem Film
kennt über einen noch jungen Priester in einem Dorf, der nur noch

Weißbrot, in Rotwein getaucht, essen konnte und an Magenkrebs starb am Ende des Films.
Ob der Herr Pastor auch Tagebuch schreibt? Oder auch, wie sie, oft laut mit sich redet? Der hat doch Gott, hat der Lehrer sie schroff, sehr schroff, wie sie fand, unterbrochen, als sie ihm von dem nächtlichen Licht aus dem Pfarrhaus erzählte.
Trotzdem, glaubt sie, ist er oft einsam. Allein mit seinen Gedanken. Grübeln.
Heute hier nicht. Mitten zwischen den Hochzeitsgästen. Da ist Gespräch, gutes Essen. Wird sie schon dafür sorgen, dass ihm nichts fehlt. Und ein Gefühl, es könnte ihr Sohn sein, hält ihren Blick, einen kurzen Moment nur, auf Pastor Claude Vigy, der über die Suppe gebeugt sitzt.
Siebenundzwanzig Personen zählt Cilla.
Sich nimmt sie aus. Sie hat abgelehnt, an der Hochzeitstafel zu sitzen: einer müsse beweglich sein. Ungebunden.
Doppelt soviel Personen hätten Platz in dem Raum. Das Bücherzimmer, wie sie ihn nennt. Früher die Scheune. Die Scheunentore, das zu der Straße wie das zum Hof, sind jetzt Fenster. Rundbögen: Nicht so hoch wie die in der Kirche. Aber breiter. Viel Licht. Fast die ganze Giebelwand lang laufen die Bücherregale. Die Bibliothek des Lehrers. Gut seine Idee, die Bücherregale verschwinden lassen zu können. Hinter einem Vorhang wie im Theater. Vorhang auf: die Bücher. Vorhang zu: Landschaft wie draußen. Felder und Hügelkuppen mit Wald, ein Dorf, die Häuser, Bauern mit Pferden, das Wegkreuz, die Tränke, Geräte. Gemalt von einem, im nächsten Dorf wohnt er, der oft mit dem Lehrer zusammen ist. Gut macht sich die Hochzeitstafel – ein großes E ohne Mittelstrich: so stehen die Tische – vor diesem Vorhang. Erich und Jeanne sitzen wie in die Landschaft gemalt. Auch Jacques und Marie, Georges und Yvonne, und neben Erich der Lehrer und Erichs Patin Elis, der Fotograf und seine Tochter: Figuren in diesem Bild. Das die andern vor Augen haben. Der Pastor, zu seiner Linken Thérèse und Grand-pierre, Gauthier, Madeleine und Pierre, zu seiner Rechten Oma und Opa Ney, Isabelle, Walter und Jacqueline. Am oberen Ende der Tafel, zum Hof zu, die drei Musiker und am unteren Ende Robert, Paul und Leonie haben die Auswahl, können vierfach betrachten: die Bilder, die, die vor ihnen sitzen und die, die sie anschaun. Dazu noch ihr Gegenüber an Kopf- oder Fußende der Hochzeitstafel.
– Nur keine Angst! Kommt! In der Mitte, da, das ist das Hochzeitspaar.
Und Cilla schiebt die Nachbarskinder zur Hochzeitstafel. Markus

trägt das in Goldpapier verpackte Geschenk, Angelika die Blumen. Blaue Aurikeln in einem Töpfchen mit weißer Manschette. Markus schaut zu Boden. Traut sich nicht. Angelika nimmt seine Hand, geht mit ihm forsch rund um den Tisch auf Erich und Jeanne zu. Da sind sie jetzt. Angelika stößt ihren Bruder an, nickt ihm zu. Der steht stumm. Das Kinn auf der Brust. Das Geschenk fest an sich gedrückt. Jetzt macht Angelika einen Knicks:
– Auf dem Dache sitzt der Spatz,
und die Spätzin sitzt daneben.
Und er spricht zu seinem Schatz –
Angelika schaut Markus an. Wartet:
– Küsse –
Markus sagt nichts. Angelika:
– Küsse, küsse mich.
Markus:
– Mein holdes Leben.
Kaum zu hören war das.
Angelika:
– Bald nun wird –
Markus:
– der Kirschbaum blühn.
Frühlingszeit ist so vergnüglich.
Ach, wie lieb ich junges Grün
und die Erbsen ganz vorzüglich.
Leise, schnell, ohne abzusetzen hat er das gesagt.
Angelika:
– Spricht die Spätzin:
Teurer Mann,
denken wir an unsre Pflichten!
Fangen wir noch heute an,
uns ein Nestchen einzurichten.
Angelika nickt Markus zu. Nickt:
– Spricht der Spatz:
Markus:
– Das Nesterbauen, Eierbrüten, Junge füttern und dem Mann den Kopf zu kraulen,
liegt den Weibern ob und Müttern!
Lachen.
Angelika lacht mit:
– Spricht die Spätzin:

Du Barbar!
Soll ich bei der Arbeit schwitzen?!
Und du willst nur immerdar
zwitschern und herumstibitzen!
Spricht der Spatz –
Spricht der Spatz –
Stößt sie Markus:
Spricht der Spatz:
Markus, aber was für ein Gesicht macht er:
– Ich will dich hier
mit zwei Worten kurz bericht'gen
weinerlich nun mehr als gesprochen:
– für den Spatz ist das Pläsier,
für die Spätzin sind die Pflichten.
Lachen. Beifallklatschen.
Und wieder Knicks.
Angelika gibt Jeanne die Blumen. Bekommt von ihr einen Kuss. Markus rührt sich nicht. Noch immer hält er das Geschenk fest an sich gepresst. Angelika nimmt es ihm ab. Und reicht es Jeanne. Alle lachen. Da dreht sich Markus um, läuft zur Tür, Angelika hinter ihm her, will ihn halten.
– Nur keine Angst.
Schon vorbei.
Schon gut.
Und Cilla bringt die beiden über den Gang ins Fernsehzimmer. Da sind auf einem Tisch die Geschenke, die schon am Vortag und noch während der Hochzeitsmesse gebracht worden sind, aufgestellt. Und auf der Kommode, vorbereitet schon, verpackt und auf Papptellern, die Kuchenstücke für die, die die Geschenke bringen.
– Keine Schule?
– Heute nicht.
Sagt Angelika und Markus schüttelt den Kopf. Ihm steckt sie noch eine Tafel Schokolade zu.
– Für euch beide.
Und passt auf, dass der Kuchen nicht auf den Boden fällt!
Und gut habt ihr das gemacht. Sagt das eurer Mutter und viele Grüße.
An der Hochzeitstafel lachen sie noch immer über Markus, Angelika und das Gedicht. Als Cilla die Aurikeln und das in Goldpapier gepackte Geschenk der Nachbarn zum Fernsehzimmer trägt, hört sie Leonie:

– Nehmt euch ein Beispiel!
Du und dein Bruder.
Nehmt euch an den beiden ein Beispiel!
Grins nicht so blöd, Pierre!
Nicht ein Wort würdet ihr zwei behalten.
Nicht ein einziges.
Aber dumm lachen.
Und in der Tür schon, Robert:
– Lass die Kinder doch.
Lass sie doch heute in Ruhe! Dass Jeanne und Erich so viele Geschenke bekommen würden, hätte sie nie geglaubt. Gestern schon und heute noch während der Hochzeitsmesse. Und das wird noch nicht alles sein, denkt Cilla und öffnet die Tür zur anschließenden Küche.
Anna schneidet das Rindfleisch und schichtet die Scheiben terrassenförmig auf Platten, die Maria mit Tomatenrosetten garniert. Zart, es zerfällt fast zwischen den Zähnen, das Stückchen Rindfleisch, das Anna ihr zum Kosten gegeben hat.
– So muss es sein.
Sagt Anna, die ihr aufmerksam zuschaut beim Kauen.
– Dann ist es richtig.
Und aufgetragen!
Scheucht sie Martha und Rosa, die die leeren Suppenschüsseln in die Spüle stellen. Auch Cilla trägt auf.
– Die tiefen Teller,
die tiefen Teller noch stehen lassen!
Bittet Martha Marie Beaumont, die eilfertig die tiefen Teller hatte zusammenstellen wollen.
– Das Rindfleisch und die Salate noch auf die tiefen Teller.
Wie früher.
Cilla hat ihren Platz wieder eingenommen.
Der verhängten Bücherwand gegenüber. Zwischen den beiden Eingängen vom Hausflur zum großen Raum. Die Türen sind ausgehängt für die Hochzeit. Günstig: durch den vorderen Eingang kann sie sofort vom großen Raum in das Fernsehzimmer, durch den hinteren ohne Umweg direkt in die Küche. Nur der Flur ist dazwischen. Von Fernsehzimmer und Küche die Türen sind nicht ausgehängt, aber weit aufgestoßen.
Die Salate!
Gauthier Fontaine eilt an ihr vorbei nach draußen.
– Das muss ich haben!

Sagt er.- Diese Farben!
Mit einem Fotoapparat kommt er zurück und schaut, von wo er die Schüsseln mit Schnittlauchsalat, den Silberzwiebeln, Karottensalat, den süßsauren Zwetschgen und den eingemachten Gurken am besten im Bild hat.
Sie hat das Bild.
Steht sie, sieht sie über vieles und viele hinweg. Wird auch gesehen: »Die Lange«. Du wächst uns allen noch über den Kopf, hatte ihre Mutter ihr früh schon gesagt, als sie, die jüngste von sieben, die Geschwister beim Wachsen zu schnell überholte. »Unsere Große« hieß sie zuhaus. In der Schule hat die Lehrerin an ihr, auf eine Art, die sie ihr nie verzeiht, der Klasse gezeigt, dass hoch, groß und lang nicht dasselbe seien. Vorn an der Tafel musste sie stehen, einen Kopf »größer« als die Lehrerin. Und, daran erinnert sie sich noch Wort für Wort, stell dir vor, hat die Lehrerin zu ihr gesagt, du singst anstatt »Großer Gott wir loben dich«, da hat die ganze Klasse schon losgelacht. Sie ausgelacht, hat sie damals gedacht. Immer Extrawurst, schimpften die Geschwister, wenn sie nicht wie sie in der nahen Kleinstadt bei Salomon Kleider von der Stange bekam, sondern vom Schneider. Dabei, wie gern hätte sie Kleider von der Stange, normale Schuhgrößen getragen, wäre sie wie der Durchschnitt gewachsen gewesen! Vor allem in ihrer Jugend. Sonnabends, wenn sie den schmalen Weg den Bach entlang zur Mühle außerhalb des Vororts spazierten. Wo neben dem Mühlrad der Tanzboden war. Einfache Tische und Bänke herum. Ein kleines Podest für die Musiker. Akkordeon, Bass und Geige. Mehr nicht. Bier oder Most vom Fass und Schmalz- oder Quarkbrote dazu. Und die Schwestern schon tanzten, und die Brüder mit ihren Frauen oder Bräuten, und sie allein saß. Bis einer, meist nicht vom Vorort, sie aufforderte zum Tanz und erschrocken das zweite Mal nicht mehr kam. Denn, wenn sie sitzt, ist sie wie alle. Sobald sie aber aufsteht, ist ihr kaum einer gewachsen. Aufschauen müssen sie alle zu ihr, denen sie, ohne sich auf die Zehen stellen zu müssen, auf dem Scheitel die Haare zählen kann. Bis er gekommen war. Und auf den ersten Blick hat sie gewusst: das ist er. Über den sie nicht hinwegschaut. An den sie sich lehnen kann. Nicht nur für diesen Tanz. Und den nächsten. Und den Abend und das nächste Mal. Und so war es gekommen.
– Ewig nicht mehr.
Hört sie den Lehrer.
– Schon ewig her.

Elis, zum Rindfleisch keine süß-sauren Zwetschen?
Aber Elis, Erichs Patin, schüttelt den Kopf. Beide Hände hält sie über ihren Teller. Vorhin, von der Suppe nur einen Löffel. Jetzt nichts. Erichs Patin geht es nicht gut.
– Erich? – Gern. Her mit den Zwetschken!
Wie er das ausspricht! Nur keinen Streit. Hoffentlich nicht!
– Zwetschen, Zwetschgen, Zwetschken. Was ist richtig? Cilla und Erich scheiden aus. Die wissen es.
Ruft der Lehrer.
– Keins.
Sagt Thérèse.
– Keins?
Der Lehrer und Erich in einem.
– Keins.
Sagt Thérèse.
– Was dann?
Fragt Jeanne.
– Quetschen.
Sagt Thérèse.
Quetschen.
– So wird es gesprochen hier. Nicht geschrieben. Aber der Lehrer scheint unsicher.
– Was ist richtig: Zwetschen, Zwetschgen oder Zwetschken. Nicht gesprochen oder geschrieben, war gefragt. Und:
Keins. Sag ich. Quetschen, sag ich. Sagen wir hier. Thérèse. Typisch Thérèse. Wie immer. Laut. Durchdringend. Bestimmt: So ist es.
– Sie hat recht. Erich sagt das.
– Thérèse hat immer recht. Ergänzt ihn Jeanne.
– Egal, ob Quetschen, Zwetschen, Zwetschgen oder Zwetschken, es ist schon ewig her, dass ich zum Rindfleisch süß-saure gegessen habe.
Lacht der Lehrer. Gott sei Dank! Thérèse hört nämlich nicht mehr auf, hat sie erst einmal angefangen.
– Ich weiß noch gut, bei uns zuhaus, zum Rindfleisch immer süß-saure Quetschen.
Gut gemacht, der Lehrer. Wie er Thérèse jetzt zugezwinkert hat.
– Das war ein Muss. Oma Ney, bei euch doch auch.
Oma Ney ist Oma Ney, auch für den Lehrer. Obgleich, denkt Cilla, es ist doch seine Schwiegermutter. Aber, er redet sie mit Oma Ney wie Erich an. Nur Erich, weiß sie, sagt nicht euch, sagt du zu Oma Ney.

– Und möglichst einwandfreies Obst. Also ganze Zwetschen. Also mit den Kernen. Gut waschen. Abtropfen lassen.
Oma Ney macht Zwetschgen ein. Süß-saure. Gut im Gedächtnis noch. Für ihre achtundsiebzig Jahre.
– In die einzelne Zwetsche zwei, drei Einstiche machen. Dann in große, die großen Einmachgläser eingefüllt. Essig und Zucker aufkochen. Erkalten lassen. Den Sud dann, den Essig-Zuckersud, dann über die Zwetschen gießen. Einen Esslöffel Rum dazu. Einkochen.
Ja, so wars.
– Damit wird es dieses Jahr wahrscheinlich nichts. Bei diesem Wetter. Regen, Regen, Regen. Da verfault das Obst am Baum.
Wirft Jacques ein:
– Ein Sauwetter.
– Aus diesem Teller kann ich nicht essen. Ich schmecke immer noch die Suppe durch!
Ein Wunder, wenn Marie das mit den tiefen Tellern hätte auf sich sitzen lassen!
– Rindfleischsuppe. Und jetzt das Rindfleisch. Das passt doch, oder?
Jeanne ist schon schnippisch!
Jeanne und Marie. Wie Erich und der Lehrer. Nur keinen Streit! Heute ist Hochzeit.
– Und die Salate! Die Suppenreste sollen wohl das Dressing sein!
Wird Marie heftig! Wie befürchtet. Um Gottes willen keinen Streit! Nur diesen einen Tag.
– Frauen hassen einander,
aber sie nehmen sich gegenseitig in Schutz. Diderot.
Das sticht. Lachen. Marie nicht.
– Gib her!
Wie sie jetzt Jacques ihr Tischkärtchen aus der Hand reißt. Und zusammenknüllt. So wenig Beherrschung. Die Hochzeit, so wie sie ist, und dass sie hier ist, im Haus des Lehrers: Voll Wut ist Marie, sieht Cilla ihr an.
– Die Köpfe! Zwischen den Gängen, nur wenn ihr mögt.
Der Fotograf meint die Musiker. – Ja. Denn der neben der Tochter des Fotografen am Tischeck hebt schon sein Kärtchen:
– Musik ist der Schlüssel
vom weiblichen Herzen.
Seume.
– Wo die Sprache aufhört,
fängt die Musik an.

E. T. A. Hoffmann.
Darauf Erichs Freund. Mit dem er Jahre zusammen war. Im Konvikt.
Kann der Orgel spielen! So hat sie noch keinen gehört.
– Musik ist höhere Offenbarung,
als alle Weisheit und Philosophie.
Beethoven.
– Lauter!
Das ist Thérèse. Jeder, der nicht laut ist wie sie, ist zu leise, meint sie. Aber der dritte Musiker, lange Haare, ein Mädchengesicht, lächelt nur.
Ein feines Gesicht. Der kann niemandem weh tun. So stellt sie sich einen Musiker vor. Vergeistigt. Das macht die Musik aus einem. Nur etwas kürzer die Haare. Obwohl, er hat schöne. Bis auf die Schultern. Blond und leicht gewellt. Was gäbe manche Frau dafür her! Aber mehr wie ein Mann wäre ihr lieber. Cilla, Cilla. Seine Großmutter könnte sie sein. Könnte, hätte, wäre: wenn nicht, wenn …
Dieser verfluchte Krieg! Gardemaß. Und das hatte er dann davon: sofort eingezogen. Und sie? Aber wer fragt dann schon danach. Wieder allein. Zum Glück war nicht mehr viel mit dem Tanzen. Ihre Brüder waren verheiratet. Die Schwestern heirateten. Beide an einem Tag. Doppelhochzeit. Verglichen mit der hier, war das damals ein Volksfest. So einen großen Raum hatten sie nicht. Auch nicht Hilfen, eingespielt wie die vier A's. Alles ging ein wenig drunter und drüber. Aber auch lockerer, fröhlicher. Ausgelassen. Als hätten alle geahnt, was auf sie wartete. Sogar ihr Gardemaß, so hatte sie ihn getauft, war da. Zufällig Urlaub für eine Woche. Aus Frankreich. Kinderspiel, einfach ein Kinderspiel, hatte er ihr gesagt. Nichts Näheres. Nur: Cilla, uns ist doch keiner gewachsen! Schon körperlich nicht. Und hatte sie in den Arm genommen. Immer, wenn sie zurückdenkt, sich das damals vorstellt: ihre glücklichste Zeit.
Diese Woche.
Und er da.
Drei Tage Hochzeit der Schwestern.
Nicht, wie hier, heute, nur den.
Und morgen schon Alltag.
Wie war sie stolz, das weiß sie noch, auf seine Uniform. Mehr, dass die anderen respektvoll schauten, grüßten, wenn sie, fest eingehängt, an seinem Arm mit ihm die Vorortstraße hinunterflanierte, als auf das Kleidungsstück. Das nicht. Aber, was es bewirkte: ein schönes Paar. Zu kurz. Und er wieder weg. Und sie wieder allein zuhaus. Du hast

doch noch soviel Zeit: wie recht die Mutter hatte damit. Nur so, so hatte sie es nicht gemeint, wie es dann kam. Du bist noch so jung. Zu jung. Wie ihre Brüder. Und die Schwestern. Die Männer eingezogen. Bis auf den einen Bruder. Joseph. Den nehmt ihr mir nicht. Den nicht. Einer bleibt mir zuhaus!, hatte ihr Vater den Beamten angeschrien.
Und dann der Schlaganfall.
Frühmorgens war die Mutter zu ihr ans Bett gekommen: sie solle sich den Vater mal anschaun. Erschrocken sei sie, wie er daliege. Und nie wird sie vergessen: sein Gesicht, die eine Seite verzerrt, der Mund hing ab der Mitte nach unten schief, das Augenlid seltsam verzogen, Speichel, der aus dem Mundwinkel lief. Zwei Hälften Gesicht, die so nicht zueinander gehörten, sah es aus. Sie war sofort zum Hausarzt gelaufen. Und als der mit ihr zurückkam, war klar: die ganze rechte Seite gelähmt.
Und sofort in das Krankenhaus. Tut das weh!
Dieses Geräusch.
Maries Teller, den Martha auf Jacques Teller stellt. Und weiter auf Jeannes. Wenn Marie jetzt, wie sie will, könnte! Martha würde etwas zu hören bekommen. Aber Marie hält sich, Gott sei Dank, zurück.
– Äinschi
– Wie?
– Äinschi.
Hört sie die Tochter des Fotografen zu dem Musiker neben ihr sagen.
– Ah, Äinschi.
– Angélique!
Das ist der Orgelspieler.
– Angelika, sagt der dritte. Das Engelsgesicht mit dem Blond.
– Nein, Äinschi. Ganz einfach. Amerikanisch. Äinschi,
die Tochter des Fotografen.
– Was habt ihr nur mit den Amis! Muss sich der Diersdorfer Walter einmischen?
Er macht seinem Tischkärtchenspruch alle Ehre. Wie viele Biere sie ihm schon hat bringen müssen, zählt sie nicht mehr.
– Was findet ihr nur an denen? Zum Kotzen!
– Walter!
Isabelle zerrt ihn am Arm.
– Stimmt doch! Sogar schon die Kinder. Meine Tochter: Nur noch Donald Duck, Speedy Gonzales, Superman, Charly Brown im Kopf!
– Meinen Charly Brown! Meinen Charly Brown! Wegen dem blöden Auto hab ich ihn heute verloren. Du bist schuld!

– Komm, komm! Auf der Straße wird nicht gespielt! Außerdem: da gibt es doch tausend davon! Tausend!
– Nein, nur einen. Meinen. Meinen Charly Brown. Ich geh ihn suchen!
– Bleib sitzen. Bleib hier!
Wie der Diersdorfer Walter sein Töchterchen festhält, es auf den Stuhl drückt!
Jacqueline weint.
– Da. Da habt ihr's! Alles wegen der Amis. Diese gottverdammten Amis! Hol sie der Teufel!
– Walter!
Isabelle schaut um sich. Verzweifelt.
– Äinschi! Das soll ein Name sein! So nennt sich doch kein Mensch. Kein anständiger!
– Hej, hej! Was hat dieser Typ denn?! Reißt die Klappe groß auf, macht hier den Macker! Quält seine Tochter! Tut so, als hätte er hier was zu sagen!
Nicht auf den Mund gefallen, die Tochter des Fotografen!
Aber jetzt, jetzt ist es soweit. Was sie den ganzen Morgen über schon im Gefühl hat. Seit sie das Kreischen gehört und sich dabei in den Finger geschnitten hat. Das war ein Zeichen. Sie hat es gewusst. Aber, noch ehe der Diersdorfer Walter loslegen kann, bittet der Fotograf seine Tochter und die drei Musiker zum Fotografieren.
– Hej, hej! Und der Spruch?
Der Diersdorfer Walter kann es nicht lassen. Aber, wundert sich Cilla, die Tochter des Fotografen dreht sich zu ihm um, lacht, liest laut vor:
– Jedes Herz ist eine Bude auf dem Jahrmarkt der Eitelkeiten.
Diersdorfer Walters »Nochmals« hört sie nicht mehr. Da ist sie schon draußen.
– Wie für die Verbrecherkartei! Nein. Dafür geb ich mich nicht her, mein Gesicht. Das kann ich mir vorstellen: wie ein Fahndungsplakat. Nein, nein. Da soll er sich seine Dummen suchen!
Gauthier Fontaine scheint verärgert. Schon nach der Messe, heute Vormittag, beim Gruppenbild vor dem Kirchenportal, als der Fotograf ihn beim Fotografieren fotografierte, war er wütend. Das hat sie ihm angesehen.
– Gauthier hat vollkommen recht! Was soll das ganze Theater?! Mit den Sprüchen. Hätten Kärtchen mit Namen und irgendeiner Verzierung, Blümchen oder was weiß ich, nicht genügt?
Marie hat ihren Spruch, und dass Jacques ihn laut vorgelesen hat, anscheinend noch nicht verwunden.

Dass der Pastor nichts sagt! Still sitzt er da. Redet nichts. Isst, schaut nur. Erich grinst. Er kennt Marie. Jeanne auch.
– Ich finde die Idee mit den Sprüchen gut. Namen aufschreiben und Blümchen malen kann jeder. Jeanne und Erich haben sich doch was gedacht dabei. Ich bin begeistert.
Sagt Georges Fontaine.
– Und dein Spruch?
Fragt Gauthier.
– Nur wenn du deinen vorliest, mein Sohn!
Gauthier Fontaine springt auf. – Was jetzt? Er steigt auf den Stuhl:
– Einen Moment. Nur einen Moment. Bitte! Noch nicht auf die Teller!
Das Foto zuerst.
Martha und Rosa schauen erstaunt auf Gauthier auf dem Stuhl.
Von so hoch hat er bestimmt gute Sicht: auf den rohen, auf den gekochten Schinken, noch in der Schwarte in Scheiben geschnitten und stufenweise auf die Platten gelegt, garniert mit Petersiliesträußchen; auf die Schüsseln mit Bohnen, Spargel, Erbsen, die Schüsseln mit Blumenkohl, nicht Köpfe, sondern schon in einzelne Röschen geteilt, übergossen mit weißer Sauce, geröstete Semmelbrösel darüber, wie sie auch das Kartoffelpüree zieren. Und auf die Schüsseln mit Sauerkraut …
Wenn die Weißkrautköpfe Ende September, Anfang Oktober – das kam auf das Wetter an – in die großen Weidenkörbe geerntet, zuhaus im Hof standen … Geputzt werden mussten. Die Außenblätter ab, aus der Mitte den Strunk mit dem Sauerkrautmesser geschnitten. Alle halfen. Sauerkrautmesser und Sauerkrauthobel waren geliehen, »gingen« von Haus zu Haus. Und sie sich mit den Strünken bewarfen, bis der Vater: hört auf! Jetzt ist Schluss! rief. Wie die Weißkrautköpfe über den Sauerkrauthobel gerieben wurden. Der Abstand der Messer im Hobel konnte eingestellt werden auf die gewünschte Dicke der Schnitzen: grob, mittel, fein. Der Vater war immer für »mittel«, kann Cilla sich noch erinnern. Die Schnitzen fielen in die unter dem Hobel stehende Bütte. Und einmal, nicht aufgepasst, dass er schon das Ende des Weißkrautkopfes über den Hobel rieb, hatte ein Bruder – war es Albert, war es Paul, sie weiß es nicht mehr – sich an den scharfen Messern geschnitten. Wie ihr ganz mulmig geworden ist, aber sie die Augen nicht wegbekam von der Bütte mit dem Blut auf dem Weißkraut. Bis die Mutter sie angeherrscht hat: geh ins Haus! Los, geh ins Haus!
Die großen, braunen Steinguttöpfe mit den eingelassenen Griffen. Das hat sie sehr gern gemacht: eine Lage Weißkraut hinein, darauf dann die Handvoll Salz, nachgedrückt mit den Händen – einmal hatten

sie einen Stampfer, ausgeborgt -, dann wieder Weißkraut, Salz, Lage auf Lage bis an den Topfrand. Obenauf dann der weiße Leinenlappen. Beschwert mit den auf die Töpfe zugeschnittenen Holzscheiben, halbiert, dass sie beweglich waren, obwohl noch die Steine auf ihnen lagen. Steine, die kein Wasser ziehn, müssen es sein, hat der Vater sie einmal belehrt. Dicke Kieselsteine, die die Brüder vom nahen Bach gebracht hatten. Und dann: darauf war sie immer so neugierig, dass sie fast täglich in den Keller ging, nachschaun: Wie der Gärschaum hochkam, abgeschüttet, Steine, Holz und Lappen davon gesäubert werden mussten, dann wieder auf die Töpfe gegeben wurden. Alle acht Tage so. Nach fünf, sechs Wochen gab es dann das erste Sauerkraut. Hol mir Sauerkraut aus dem Keller, die große Schüssel voll, hört sie die Mutter noch.
Auch bei ihrer Hochzeit ...
Hochzeit – kaum so zu nennen. Kriegshochzeit.
Um den Tisch die engsten Verwandten nur. Alle in Schwarz, stumm. Der Vater, erst kurz aus dem Krankenhaus, musste gefüttert werden, hilflos, wenn ihm die Tränen liefen. Zwei Söhne, zwei ihrer Brüder, Albert und Paul, waren bereits in Russland gefallen. Ein Sohn und drei Schwiegersöhne standen noch dort an vorderster Front.
Als erster war Albert gefallen. Ihr Vater lag noch im Krankenhaus, als sie die Nachricht bekamen. Um Gottes willen, ihm nur nichts sagen davon, hatte der behandelnde Arzt ihnen geraten. Das könnte sein Tod sein. So trugen sie bis ins Krankenhaus Schwarz, zogen sich um, bevor sie zu ihm an das Krankenbett gingen. Und dann, obwohl ihm zu sprechen noch schwer war, die Fragen, beständig: wie geht es Albert, wie geht es Paul, Eduard, wie geht es den Schwiegersöhnen? Lest mir die Post vor! Keine? Wieso nicht? Oft, wenn sie um sein Bett herum saßen, und er ihnen in die Augen zu schauen versuchte – sein Blick: ihr sagt mir die Wahrheit nicht – war es kaum mehr auszuhalten gewesen. So dass sie Joseph, der als einziger noch zuhaus war, gebeten hatten, dem Vater, dass Albert gefallen war, mitzuteilen. Zweimal, hat er ihnen später erzählt, ist er bis an die Zimmertür, hatte dann aber doch nicht den Mut. Beim dritten Mal ist er hinein, und der Vater, statt ihn zu begrüßen, hat ihn angeschaut, lange, und dann gesagt: Sag nichts. Ich weiß es. Albert ist tot. Ob es die schwarzen Strümpfe waren, die Alberts Frau umzuziehen vergessen hatte, ob er es aus ihren Augen gelesen hatte, ob es die sichere Ahnung gibt, wenn es um Menschen geht, die einem nah sind, auch in der Ferne, der Vater hat ihnen nie gesagt, woher er es wusste.

Dann Paul. »Gefallen«, das Wort hat einen Schrecken für sie, den nur »vermisst« noch übertrifft. Dass es ein Volltreffer gewesen sein soll; »Da hat er nichts mehr gespürt«, hätte der Bote gesagt, hat Pauls Frau geschluchzt. Es hat sie nicht getröstet. Als sie zuhaus um den Küchentisch saßen, Vater, Mutter, der Bruder, die Schwestern, die Schwägerinnen, zwei von ihnen jetzt Witwe, und kein Wort mehr zu sagen wussten. Auch ihr Mann war inzwischen in Russland. Alle in Russland. Russland ist weit, die Ostfront ist lang, die braucht viel Soldaten. Verbraucht, hätte er sagen sollen, der von der Partei, der zum Trostzusprechen abkommandiert war. Dann Eduard. Sie war einkaufen gewesen. Um Brot hatte sie angestanden, als die Mutter in den Bäckerladen kam. Kreidebleich. Weiß wie ein Tuch. Und sie aus der Reihe riss: Schnell, der Vater! Auf dem Heimweg, sie liefen, erfuhr sie: auch Eduard gefallen. Und der Vater am Verrücktwerden. Im Schlafzimmer eingeschlossen. Tobt er. Und Agnes schon zum Pastor.
Im Hausflur hörten sie ihn. Dumpfe Schläge auf Holz, auf Stein. Der Krückstock. Mit dem Krückstock ist er nach oben. Damit hat er um sich geschlagen. Schlägt er zu. Jetzt weinte die Mutter: Ununterbrochen. Seit dem. Da hat sie gestanden, Eduards Frau, in der Tür. Er hat sie nur angeschaut. Kein Wort gesagt. Aufgestanden. Ans Küchenfenster. In den Hof gestarrt. Nur das Atmen. Und dann ganz plötzlich geschrien. Kein Mensch schreit so. Vor Schreck hat Eduards Frau mitgeschrien. Und ist dann aus dem Haus gerannt.
Mit den Schlägen jetzt auch das Schreien. Und Stampfen.
Nie kann sie vergessen, wie der Pastor die Treppe hoch den Namen des Vaters rief. Immer wieder. Ohne Gehör zu finden. Und sie unten standen, zitterten, Agnes drückte ihre Hand, die Mutter hielt sich am Treppengeländer.
Und der Pastor durch die verschlossene Schlafzimmertür mit ihm zu sprechen versuchte. Umsonst. Bis er anfing, aus der Bibel zu lesen. Laut, als lese er von der Kanzel vor der Gemeinde. Und sie weiß auch noch, was er las. Hiob. Aus dem Buch Hiob. Stellen daraus hat sie auswendig gelernt. Kann sie noch. Fallen ihr immer wieder ein:
Warum bin ich nicht gestorben bei meiner Geburt? Warum bin ich nicht umgekommen,
als ich aus dem Mutterleib kam?
Warum hat man mich auf den Schoß genommen? Warum hat man mich an den Brüsten gesäugt?
Dann läge ich da und wäre still.
Dann schliefe ich und hätte Ruhe.

Da stand Hiob auf und zerriss sein Kleid und schor sein Haupt und fiel auf die Erde und neigte sich tief und sprach: Ich bin nackt von meiner Mutter Leib gekommen, nackt werde ich wieder dahinfahren. Der Herr hat's gegeben, der Herr hat's genommen; der Name des Herrn sei gelobt!
Und wie nach und nach das Stampfen aufhörte, das Schlagen, das Schreien. Still. Und sie nach dem zaghaften Klopfen des Pastors den Schlüssel hörten, die Tür, und wie der Pastor hineinging.
Dass die Mutter vor der Treppe, in sich gesunken, kniete, bemerkten sie dann erst.
– Cilla, Cilla!
Erich steht vor ihr. Ein Geschenk in der Hand. Neben ihm ein Mädchen.
– Komm.
Im Fernsehzimmer legt sie das Geschenk zu den anderen.
– Dich kenn ich noch gar nicht, sagt sie und gibt dem Mädchen den Kuchen.
– Vom neuen Hof. Außerhalb,
sagt das Mädchen, und:- vielen Dank!
Sogar die neuen, denkt Cilla. Der Lehrer hat einen Namen im Dorf.
Ab jetzt will sie aber nicht mehr träumen, wird sie ein Auge auf die Hochzeitstafel haben. Wie Oma Ney Opa Ney mit ihrer Serviette vom dunklen Anzug die weiße Blumenkohlsauce wischt, sieht sie.
– Er ist zu aufgeregt!, hört sie Oma Ney zum Pastor:
– Alles zu viel für ihn heute. Der Autozusammenstoß, wir sind mit ihm
– sie zeigt auf den Diersdorfer Walter – gefahren. Er hat uns abgeholt. Die Raserei! Und dann die Hochzeit. Die vielen Leute. Das ist er nicht mehr gewohnt.
Dass Opa Ney an dem Gespräch nicht teilnimmt, scheint den Pastor zu wundern. Er lehnt sich zurück, schaut zu Opa Ney.
– Nein, nein, er hört das nicht,
sagt Oma Ney.
Tut er ihr leid, der Opa Ney! Wie ihr Vater, wenn die Mutter, die immer dafür schon ein besonderes Tuch bereitliegen hatte, ihm Essensreste aus dem Mundwinkel wischte, von der Jacke, der Hose, und er sich schämte. Deshalb auch nicht mehr mit Fremden sein wollte. Feiern und Feste sowieso mied. Ein verbitterter Mann. Seinen Schritt, wenn er die Treppe hinaufstieg, durch den Flur, sogar auf der Straße, glaubt sie heute noch hören zu können. Am Stock: ein gebrochener

Mann. Drei Söhne und zwei seiner Schwiegersöhne waren in Russland geblieben. Einer nur war zurückgekommen. Vier gefallen, was heißt gefallen: Volltreffer, Genickschuss, verblutet, im Lager verhungert, wie sie erfahren haben, und einer bis heute vermisst: ihr Mann. Vermisst, was das heißt, weiß nur der, der es erlebt hat. Immer die Hoffnung. Noch nicht zu spät. Und der Funke wird immer kleiner. Nein, nie zu Ende. Oft, muss sie zugeben, hat sie es sich gewünscht: Gewissheit. Gefallen, wenigstens das Foto vom Grab, der Hügel, das Kreuz, da ruht er in Frieden, auch wenn es in »fremder Erde« war, wie es hieß. Aber vermisst! Noch Jahre, nachdem der Krieg schon vorbei war, das Bangen, wenn Briefe kamen. Vom Roten Kreuz. Absagen: Leider ... So fingen sie meistens an. »Unsere Bemühungen ... leider ...« Und dann die Heimkehrertransporte. Immer am Bahnhof. Nicht einmal, ihn dort zu finden, das war hoffnungslos, sondern einen vielleicht, der etwas wusste von ihm: lebt er noch, ist er gefallen: Gewissheit. Nichts. Und die Schwestern und Schwägerinnen schon aufgehört hatten, in den Gesichtern ihrer Kinder den Mann zu suchen. Aber, da ist sie froh: sie hat kein Kind bekommen.
– Pierre, was soll das?!
Das ist Leonies Stimme. Aber Pierre steht schon hinter seinem Stuhl.
– Du natürlich auch.
Was Pierre macht, macht Paul nach. – Setzt euch hin. Beide. Los!
– Ich muss mal.
– Ich auch.
– Ihr setzt euch beide wieder hin!
– Wenn sie aber doch müssen!
– Klar, dass du zu den Kindern hältst, schimpfte Leonie jetzt mit Robert.
– Dürfen wir? – Nein, ihr bleibt hier.
– Aber, wenn die Kinder doch müssen!, sagt Grand-pierre und erhält von Thérèse einen Rempler.
– Gut, schon gut. Haut ab!
Lenkt Leonie ein.
Und schon sind die beiden draußen.
– Und ich?
Aber der Diersdorfer Walter hält Jacqueline fest.
– Du bleibst.
Ein Glück: kein Kind. Denn auch nach dem Krieg war der Krieg noch nicht aus. Der Vorort vermint. Die eigenen Leute, hatte die Mutter gesagt: beim Rückzug. Dem Feind sollte es schwer gemacht werden.

Die Felder übersät mit Minen, hinter Haustüren, unter Stiegen, in die Schubladen der Schränke gelegt. Viele, die den Krieg überlebt hatten, überlebten die Nachkriegszeit nicht. Mitten im Tag die Detonation. Durch den Vorort die Schreckensbotschaft: wieder einer auf eine Mine getreten. Hochgegangen. In Stücke gerissen. Vor allem auch Kinder. Mit Munition gespielt, das Gesicht verbrannt, die Hände ab, Auge aus. Die Angst ihrer Schwestern, der Schwägerinnen, wenn eins von den Kindern zu spät nachhaus kam!
Und der Tag, sie war in der Küche, Kartoffeln schälen half sie, als die Wucht der Detonation das Küchenfenster eindrückte – das ist ganz in der Nähe, sagte der Vater -, und sie hinauslief, und die Nachbarn schon wussten, in der nächsten Straße, das Trümmergrundstück, eine Bombe, und dort schon Leute standen, nichts war zu sehen, nichts, nur dünner Staub, und die Leute schon wieder gehen wollten, als Oma Ney plötzlich sagte: Ewald, unser Ewald! und auf das Trümmergrundstück zuging, »Vorsicht, da kann noch eine Bombe sein«, nicht zu hören schien, sich bückte, ein Stück kariertes Hemd hochhob, mit diesem zurückkam, Ewald, unser Ewald! sagte und dann zusammenbrach.
Aber, das war noch nicht alles gewesen. Hiob trifft auch auf Oma und Opa Ney zu, sagt Cilla sich. Nach dem Tod des einzigen Sohnes die Tochter. Clara, Erichs Mutter. Im Kindbett gestorben bei Erichs Geburt. Lange hat es gedauert, hat sie vom Lehrer erfahren, bis Opa Ney Erich als Enkel annahm. Obwohl Erich die erste Zeit mit den Großeltern lebte. Denn der Lehrer ist Witwer geblieben.
– Komisch, keiner, den sie kennt, hat nach dem Krieg nochmals geheiratet. Weder der Lehrer noch ihre Schwestern, noch eine der Schwägerinnen.
Auch sie nicht. Obwohl, so schön wie die anderen Frauen, die damals heirateten, waren sie auch gewesen. Und der Lehrer hätte beim Männermangel der Nachkriegszeit genug Chancen gehabt. Aber aus dem Vorort hat er sich damals versetzen lassen aufs Dorf.
– Hierher! Hört sie Rosa.
Jetzt hat sie schon wieder verträumt! Dabei, sie wollte beim Abtragen helfen.
– Ah!
Das gilt dem Nachtisch, den Martha jetzt an den Tisch bringt.
– Wie früher. Wirklich, wie früher. Bravo! ruft der Lehrer. Und Erich und Jeanne und jetzt auch die anderen: Bravo! Bravo! Rosa wird rot. Und Martha strahlt.
Das Lob ist auch verdient.

– Diese Farben! Bitte noch nicht verteilen! Gauthier macht das Foto.
Aus der Fischform der Fisch. Aus Pudding. Dreifarbig. Unterteil, Mitte und Rücken in jeweils verschiedenen Farben: Rosarot, Braun und Hellgelb. Dreifach auch der Geschmack: Erdbeer, Schokolade, Vanille. Wie früher.
– Ein christliches Symbol, der Fisch.
Endlich hat auch der Pastor etwas gesagt.
– Und was für eins!
Um Gottes willen, nur keine Spitze jetzt! Sie kennt das von Erich. Aber der Pastor nickt:
– Das Geheimzeichen der ersten Christen, der Fisch.
– Ho Ichtüs. Auf griechisch: der Fisch.
I für Iäsos,
CH für Christos
T für Theos
ü für Hüos
S für Sotär
Jesus
Christus
Gottes
Sohn
Retter.
Alle lachen. Auch der Pastor. Denn der Orgelspieler und Erich haben das aufgesagt wie in der Schule. Gemeinsam. Im Chor.
– Sechs Jahre Griechisch, neun Jahre Konvikt, neun Jahre Religionsunterricht. Da bleibt schon was hängen:
Lacht der Orgelspieler.– Und wenn's nur ein Fisch ist. Aus Pudding. Das hätte Erich nicht sagen müssen. Der Pastor lacht auch schon nicht mehr. Lange ist es her, dass Cilla Pudding, so gemacht, gegessen hat. Noch nicht, seit sie hier ist im Dorf. Zuhaus noch. Vor dem Krieg. Nach dem Krieg, die erste Zeit, als alles knapp war, ist Pudding das letzte gewesen, an das einer beim Essen gedacht hat. Überhaupt etwas zu essen zu haben. Wieweit sind sie oft gegangen, eine Tüte Mehl, ein Säckchen Kartoffeln, eine Kante Speck, zwei, drei Eier zu bekommen. Kaum zu glauben heute für sie: an einem Tag sechzig Kilometer zu Fuß! Aber sie waren damals noch jung. Und der Hunger trieb. Mützchen hatten sie gestrickt aus sie weiß nicht mehr wo und womit erstandener Wolle, bunte Kindermützchen zum Tauschen. Die Schwestern, die Schwägerinnen, sich sieht sie noch im notdürftig hergerichteten Elternhaus im Vorort um den Küchentisch sitzen und stri-

cken. Eine kleine Fabrik, hat der Vater einmal scherzhaft gemeint: eine richtige kleine Fabrik. Abwechselnd sind sie dann über Land gezogen. Im Rucksack die Wollmützchen für die Kinder der Bauern. Damit ließ sich manches eintauschen. Sie hat diese Tauschtouren immer gehasst. Gehasst, anzuklopfen, der wievielte oft an einem Morgen schon, von der Bauersfrau abschätzig betrachtet, und, wenn diese jung war, deren heimlichen Triumph zu spüren, die Herablassung oft, mit der sie dann abgefertigt, weggeschickt wurden. Eine der Schwägerinnen nahm ihre Kinder mit, das brachte mehr ein. Aber weder hatte sie Kinder, noch wollte sie die Kinder der Schwestern und Schwägerinnen, oft genug angeboten, ausleihen, um bei den Bauern Mitleid zu schinden. Aus dieser Zeit noch hat sie ein Misstrauen gegen die auf dem Land, die Leute vom Dorf. Aufgewachsen in einem Vorort der nahen Kleinstadt. Dicht an dicht dort die schmalen Häuser der Hütten-, der Grubenarbeiter. Wie ihr Vater, die Brüder, die Schwäger, ihr Mann, die Bekannten, die Nachbarn: kleine Leute, die kleinen Leute, sagte ihr Vater, die immer herhalten müssen. Dort hatte sie sich wohlgefühlt.
Um so verwunderter waren alle, die davon erfuhren, dass sie aufs Dorf gehen wollte.
Den Haushalt führen. Sie selbst war über sich erstaunt, so schnell auf die Zeitungsannonce geantwortet, so schnell dem Lehrer dann zugesagt zu haben. Gut, er war aus demselben Ort, sie kannten sich schon von früher her. Wenn auch nur flüchtig. Besser gekannt hatte sie seine Schwiegereltern, Oma und Opa Ney. Nur eine Straße weiter als ihr Zuhaus. Aber der Grund, sie weiß ihn bis heute nicht ganz, war vielleicht »Witwer mit Kind« gewesen. Mit ihr zusammen eine Familie. Auch wenn Erich dann ins Konvikt ging. Auch wenn der Lehrer bis heute noch »Cilla, Sie« zu ihr sagt, und, sie kann sich noch an das Gemunkel im Dorf, Thérèse ist daran nicht unschuldig gewesen, erinnern, er ihr nie einen Antrag gemacht hat. Auch wenn sie von denen im Dorf nicht aufgenommen, nur angenommen worden ist, weiß sie, fühlt sie sich wohl hier. In diesem Haus. Diesen Räumen. Ihre große Küche, das Fernsehzimmer zur Straße hin, das Bücherzimmer, oben das Zimmer des Lehrers, Erichs Zimmer und ihres. Vor allem aber die ehemalige Scheune, umgebaut, das Bücherzimmer, der große Raum ist ihr lieb. Meine Bibliothek, sagt der Lehrer, treffen wir uns in meiner Bibliothek. Einmal in der Woche kommen sie dort zusammen. Aus dem Dorf, aus den umliegenden Dörfern, auch schon mal jemand aus der nahen Kleinstadt. Und sitzen dann um den großen Tisch bei Bier oder Wein und Most und Schnaps, geräuchertem Schinken, Schmalz-

broten, Gurken, und reden. Erzählen von früher, von heute. Wie ihnen der Schnabel gewachsen ist. In Mundart die meisten. Und der Lehrer nimmt alles auf. Auf Band. Meine Arbeit, sagt er. Nach dem Herzinfarkt – sie vermutet immer noch, auf den Schock hin, als er erfuhr, die Schule im Ort, seine Schule, eine »Zwergschule«, wie sie in der Zeitung genannt wurde, werde geschlossen, der Schulbus käme. Noch im Krankenhaus hatte er den Antrag gestellt. Auf Pension. Frühpensioniert. Seitdem seine Arbeit: alles zusammenzutragen, was über diese Gegend, die Landschaft, die Leute, wie sie lebten, wie sie leben, geschrieben, gemalt, gesungen, erzählt worden ist und noch wird.
Mein Heimatmuseum.
Da ist alles drin. Hat er vor kurzem voll Stolz einem Herrn aus der nahen Kleinstadt gesagt: Bücher, Zeitschriften, Ordner mit Zeitungsausschnitten, Fotos, Tonbänder, Filme und sogar, ganz neu, was er vom Fernsehen aufnehmen und wieder abspielen kann, die Bänder.
Dass Erich das weitermacht, hofft der Lehrer. Ausbaut, sagt er.
Auch wenn die beiden oft uneins sind, über Kleinigkeiten sich häufig streiten, ihretwegen Zwetschen Zwetschgen sein lassen könnten: sie sind aus demselben Holz.
Die beiden wollen dasselbe, wenn auch auf verschiedenen Wegen, erreichen, denkt sie oft. Wenn Jeanne nur nicht quer treibt! Jeanne will weg. Das weiß sie. Wie stark Erich ist, weiß sie nicht.
– Wir wollen danken für unser Brot. Wir wollen helfen in aller Not. Wir wollen schaffen; die Kraft gibst du. Wir wollen lieben; Herr, hilf dazu.
– Amen.
Das stört sie an Erich. Dass er jetzt grinst, während der Pastor das Gebet nach dem Essen spricht. Niemand verlangt von ihm, mitzubeten. Aber Grinsen, das muss doch nicht sein! An seiner Hochzeit. So sehr sie ihn mag, aber über Gott und die Kirche, wenn er darüber seine Witze macht, stößt er sie ab. Dann ist sie froh, nicht seine Mutter zu sein. Dann versteht sie den Lehrer, der auf den Tisch schlägt, sich das verbittet. Der Lehrer ist auch kein eifriger Kirchgänger, und nicht, dass sie wüsste, übermäßig fromm, aber er achtet die, die das tun und sind.
Der wird wieder beten lernen, hat einmal der Lehrer, Erich war wütend weg, zu ihr gesagt: das macht schon das Leben.
Und Jeanne, hofft sie.
Dass Beten hilft, glaubt sie fest.
Das hat sie mehr als einmal in ihrem Leben erfahren. Im Krieg, nach

dem Krieg. Wenn der Vater, trotz seiner schweren Behinderung, auf einen Schemel gestützt, auf dem Küchenboden kniete mit ihnen zum Rosenkranzbeten.
Und sie sich danach ruhiger fühlten, getröstet. Ohne Gebet kann sie sich keinen Tag denken. Der Lehrer redet oft tagelang wenig. Dann redet sie mit sich selbst. Laut. Wenn sie allein ist. Oder betet. Redet mit Gott. Unglaublich, hat Erich gelacht, als sie ihm, zu dumm, erzählt hat, dass sie ihn in ihre Gebete miteinschließt. Tag für Tag. »Unglaublich.« Das hat ihr weh getan, wie er gelacht hat. Auch wenn sie es ihn nicht hat merken lassen.
Auch für heute, für seinen Hochzeitstag, hat sie gebetet. Dass alles gut geht.
– Gut gegangen.
Bis jetzt.
Gott sei Dank!
Alles gut gegangen,
sagt sie.

Kapitel IV

> Ein Maitag ist ein
> kategorischer Imperativ
> der Freude.
>
> (Hebbel, Tagebücher, 1. Mai 1838)

Zwischen zwei Wolkenbänken plötzlich die Sonne.
Guter Gott, merkt man ihm das schon an?
Und er bleibt stehen.
Zieht sich die Baskenmütze vom Kopf.
Wenn irgendein Mensch hundert Schafe hätte, und eins unter ihnen sich verirrte:
lässt er nicht die neunundneunzig,
geht hin und sucht das Verirrte?
Und wenn sich's begibt, dass er's findet,
er freut sich darüber mehr als über die
neunundneunzig, die nicht verirrt sind.

Auch das ist ihm kein Trost mehr in letzter Zeit. Die Zweifel, seine Zweifel, so deutlich ihm schon ins Gesicht geschrieben, dass Erich Hautz, nach einem Gespräch nur, ihm so einen Spruch zuschreiben kann:
– Gott hat uns nicht geschaffen,
um uns zu verlassen. Michelangelo.
Liest Pastor Claude Vigy laut.
Atmet tief.
Und geht weiter
zwischen den Zwetschgenbäumen den Hügel hinauf zum Pfarrhaus.

*

– Suchst du was?
– Ja.
– Mitten auf der Straße.
– Ja.
– Was denn?
– Meinen Charly Brown.
– Wen?
– Meinen Charly Brown.
– Ne Puppe?
– Nein.
– Was dann?
– Meinen Hüpfstein.
– Aha. Komm, mach die Straße frei!
– Nein.
– Sollen wir dir helfen!?
– Nein.
– Also, geh von der Straße runter!
– Ihr könnt nur Häuschenmänner überfahren!,
ruft Jacqueline dem grauen VW-Bus nach, den Männern vom Zoll.

*

– Weißt du noch, das Präservativ über dem Türgriff?
– Und ob.
– Von Herrn Konviktsdirektors Zimmer persönlich.
– Und wie er sich aufgeregt hat! Beim Mittagessen. Mitten im Essen. Die Speisesaalglocke. Und Ruhe. Wer hat das Ding?
– Das Ding. Typisch.
– Wer hat das Ding dahingetan!? Der meldet sich sofort nach dem Essen. Sofort!
– Mit seiner Eunuchenstimme.

– Dafür kann er nichts.
– Wer weiß, wer weiß. Das Ding!
– Und was das Schlimmste ist: gebraucht! Schon in Gebrauch gewesen.
Hat er in kleinem Kreis gesagt.
– Nie herausgekommen, wer es war. Du sicher nicht.
– Nein. Den Mut hab ich nie gehabt.
– Ich leider auch nicht.
– Hätte ich heute noch nicht.
– Ich weiß nicht.
Sagt Erich.
– Ich schon.
Sagt Issi und schnippt die Zigarette in die Toilette.

*

Das Alter macht nicht kindisch,
wie man spricht. Es findet uns
nur noch als wahre Kinder. (Goethe)
Recht hat er. Recht hat er. Sieht sie Grand-pierre und Pierre zusammen, weiß sie oft nicht, wer mehr Kind ist von den beiden. Und sie stellt das Kärtchen wieder an Grand-pierres Platz.

Die Arbeit ist etwas Unnatürliches.
Die Faulheit allein ist göttlich.
(Anatole France)
Oh! Durchgestrichen. Aber Gauthier! Der scheint keinen Spaß zu verstehen. Oder ist es ihm etwa Ernst?

Für Madeleine Fontaine.
Die Mode ist weiblichen Geschlechts,
hat folglich ihre Launen.
(Weber)
So ohne sind die Sprüche nicht. Das hat Georges gut gesagt: Jeanne und Erich haben sich was gedacht.

Kinder und Uhren dürfen nicht beständig aufgezogen werden. Man muss sie auch gehen lassen.
(Jean Paul)
So, wie es aussieht, ist Pierre sehr locker erzogen. Denkt sie und stellt mit spitzen Fingern das puddingverklebte Kärtchen wieder zurück.

Leonie: ihr Kärtchen fehlt. Sie wird sie danach fragen.

Ein winziger Papierflieger! Paul. Aus allem wird ihm etwas zum Fliegen. Auseinandergefaltet:
Ein Kind ist ein Buch,
aus dem wir lesen und
in das wir schreiben sollen.
(Peter Rosegger)
Liest Thérèse laut, setzt sich an Pauls Platz, schließt die Augen – und nickt.

*

– Jetzt.
– Ja: So siehst du aus wie diese Filmschauspielerin.
– Welche?
– Namen behalte ich nie.
– Ist sie noch jung?
– Ja, doch.
– Hübsch?
– Wie man's nimmt.
– Danke.
– Sie hat was. Sie kann alles spielen. Sie ist nicht, nicht festgelegt.
– Welcher Film?
– Viele.
– Einen, nenn mir nur einen.
– Titel behalte ich auch nie.
– Den letzten.
– Der spielt in Afrika.
– In Afrika?
– Ja.
– Und was spielt sie da?
– So ein kleines, verdorbenes Eheweib, das es mit einem anderen treibt, aber unschuldig aussieht.
– Danke.
– Sie ist wahnsinnig gut. Ich mag sie.
– Naiv und berechnend.
– Genau.
– Wie ich.
– Nun komm!
– Ich weiß es.
– Was?
– Wie sie heißt.
– Und?

– Sie hat deinen Namen.
– Komm!
– Doch. Deinen Namen. Vornamen.
– Kann sein.
– Ist so.
– Noch was. Was soll das:
Das Sehnen nach Liebe
ist selber Liebe.
Jean Paul.
Liest Isabelle ihr Tischkärtchen vor.
– Ist so.
Sagt Jeanne und hängt das Hochzeitskleid auf.

*

– Du kommst von da.
– Wo?
– Von da.
Ich von hier.
Weiter.
Noch weiter.
Stopp.
Noch nicht.
Ich gebe das Zeichen.
Achtung – fertig – los!
Kommt das eine von da, das andere Auto von hier.
Fahren sie aufeinander zu.
Das eine dem anderen in die Seite.
– Nochmals!
Sagt Pierre.
Und Paul schiebt sein Tretauto wieder auf »los«.

*

Wir waren einmal auf einer Kindstaufe. Bei einem Bauern. Ein großer Hof. Ein gutes Stück vorm Dorf. Dazwischen noch viel Wald und Hügel. Der Bauer wollte zeigen, wer er ist und was er hat. Die Küche – doppelt so groß wie die hier, wenn nicht noch größer. Für an die hundert Gäste sollten wir vier kochen. Wie früher. Und nicht nur Essen, Trinken, Tanzmusik wie früher, nein, auch der Weg zur Kirche sollte so sein. Deshalb hatte der Bauer, weiß ich woher, ne Kutsche ausgeborgt. Herrichten lassen. Und zwei Pferde vorgespannt. Zur Taufe sind dann der Bauer, die Bäuerin mit dem Täufling, der Pate und die Patin in der Kutsche losgefahren. Spätsommer war's. Und blauer Himmel, als sie losgefahren sind. Noch keine Viertelstunde später: der Himmel gelblich schwarz. Gewitterwind. Ein Glück, die Kutsche hat ein Klappdach, sagt ein Gast. Kein Donner, Blitz, kein Wolkenbruch. Nichts. Nur der Wind und der gelb-schwarze Himmel. Von wegen Glück. Wir warten, warten. Endlich kommen sie. Der Bauer, die Bäuerin mit dem Täufling, der Pate und die Patin. Zu Fuß. Und wütend. Die Kutsche mit den Pferden steht im Wald, sagt uns der Pate. Die Pferde, wie verhext, hätten plötzlich angehalten. Und keinen Zentimeter weiter mehr gegangen. Weder mit Zucker, gut Zureden, noch mit Schlägen, Tritten. Mitten im Wald. Mitten zwischen Hof und Dorf. Zu weit, noch rechtzeitig zur Taufe da zu sein. Also zurück. Diese verfluchten Pferde! Kaum sagt er das, da hören wir ein Krachen, Scheppern, wie Holz, wie Eisen über Stein. Wir rennen raus. Und vor der Türe steht die Kutsche. Die Pferde Schaum vorm Maul. Die Kutsche mit drei Rädern. Nichts. Nur die Angst vor dem Gewitter! Pferde sind eben Pferde. Wie früher. Lacht Anna, und Leonie, Maria, Martha, Rosa lachen mit.

*

– Weißt du noch, hinterm Konvikt auf dem Sportplatz das Wespennest!
– Nein.
– Du hast auch nie Fußball gespielt.
– Aber Orgel.
– Mitten im Spiel gingen sie los. Auf den Dicken. Du weißt doch, Pferd haben wir ihn genannt.
– Wie der Film.
– Was?
– Wie der Titel des Films.
– Egal. Der stellte sich hin, der Dicke, presste den Hintern zusammen, hart wie ein Stein. Jeder hatte zehn Tritte frei.
– Ich nicht.
– Du hast auch nie Fußball gespielt.
– Nur Orgel.
– Auf den sind die Wespen geflogen. So schnell war der Dicke nie mehr.
– Und?
– Nichts.
Sagt Erich.
– Auch gut.
Lacht Issi und tritt die Zigarette ins Blumenbeet.

*

Die Tür
wie sie aufgeht
Der weiße Kittel
Das schwarze Bild
– Foto? –
hält er vor sein Gesicht
steht jetzt an ihrem Bett
sieht schlecht aus
sagt er
sieht schlecht aus
zeigt ihr die Fotografie: sie
ihr Mann
Träumt Elis in Cillas Bett.

*

Arbeit gewinnt
Feuer aus Steinen.
(Alter Spruch)
Den sollte Robert sich abschreiben. Auf die Hand. Wenn sie wieder aus den Feldern Steine raffen, und vom vielen Bücken der Rücken brennt.

Das muss sie nochmals lesen. Den lernt sie. Der ist nicht nur für Yvonne:
Eine gescheite Frau hat
eine Million geborener Feinde:
alle dummen Männer.
(Marie von Ebner-Eschenbach)
Das kann nur von einer Frau sein. Den wird sie auch gebrauchen, diesen Spruch.

Mal sehn. Ihr Georges. Was da steht:
Auf zwei Rädern die Welt rollt:
das eine ist die Liebe, das andere Gold.
(Jacoby)
Naja, zur Zeit stimmt es bei ihm. Scheint es. Aber Achsenbruch kennt Georges auch.

Ah! Zerknüllt. Marie hat ihr Kärtchen zusammengeknüllt. Sie war Jacques auch sehr böse, ihren Spruch allen vorzulesen.
Schau an:

Für Jeanne von Erich.
Die ursprüngliche Heimat ist eine Mutter.
Die zweite eine Stiefmutter.
(Russisches Sprichwort)

Und:
Für Erich von Jeanne:
Erst im Auslande lernt man die Reize
des Heimatdialekts genießen.
Erst in der Fremde erkennt man,
was das Vaterland ist.
(Gustav Freytag)
Jeanne will weg. Das ist nicht neu für sie. Aber Erich scheint hierbleiben zu wollen, liest sie aus seinem Kärtchen für Jeanne. Man wird sehen. Die Frauen sind immer stärker, schmunzelt Thérèse. Das weiß sie.

*

Die Mühle.
Das Lothringerkreuz im Stein an der Hauswand.
Die Weiden zeigen: da wäre der Bach.
Hochwasser hier bis weit in die Wiesen.
Die Brücke.
Am Brückenpfeiler das Auto.
Die Wellblechkiste zusammengedrückt auf die Hälfte. Wahrscheinlich aus der Kurve getragen. Wer da mitfuhr, fährt nie mehr.
Sofortbild.
Für die beiden Verrückten von heute morgen, sagt der Fotograf laut und schaut sich um.

*

Wir waren einmal zu einer Kommunion zum Kochen. In der Stadt. Bei »besseren Leuten«, wie es hieß. Eine Wohnung wie aus dem Bilderbuch, aber mir ist meine lieber. Schont bitte die Möbel, und aufpassen hier und aufpassen da. So ging das zu. Madame hat ein Theater gemacht und sich aufgeführt! Wie vor hundert Jahren kam man sich vor. Dabei, was war er, bei der Regierung irgendein hohes Tier. Diener des Volkes, von wegen: die Herren! Und alles von unserem Geld. Wir bezahlen. Dass die sich so aufführen können. Uns behandeln wie Personal, von oben herab. Einmal, nie wieder, haben wir vier uns geschworen. Und kleinlich, als es an das Bezahlen ging! Um jeden Pfennig hätte Madame gekämpft. Bessere Leute. Von wegen. Der Junge hat mir leid getan. Das Kommunionkind. Brav dasitzen. Zuhören, was

die feinen Herrschaften so von sich geben. Gelangweilt hat er sich. Das hab ich ihm angesehen. Keiner hat sich um ihn gekümmert. Und, wie das bei besseren Leuten ist: keine Kinder. Der Kleine war das einzige Kind. Nach dem Essen durfte er in den Garten. Aufpassen, nicht schmutzig machen, dein Ehrentag, und was Madame dem Ärmsten alles so mitgab. Wir tragen ab, waschen auf. Zufällig schaue ich aus dem Küchenfenster. Mir ist der Teller fast aus der Hand gefallen. Ich seh das noch vor mir: wie der Junge dasteht, bleich wie der Tod, und hält die eine Hand ausgestreckt. Mitten durch die Hand, ihr seid Zeugen, ihr habt's gesehen, mitten durch die Hand steckt ihm ein Stück Draht, durch und durch. Der Junge schreit nicht, sagt nichts, steht nur da. Starr. Ich raus – und, das war das Verrückteste: kein Blut, nichts. Der Draht, durch und durch und kein Tropfen Blut – rein mit dem Jungen. Madame sieht ihn, schreit, da, mir ist fast speiübel geworden, da schießt aus der Hand das Blut. Und, fast wäre ich aus der Rolle gefallen, schreit Madame wieder: Vorsicht, die Biedermeierstühle!
»Scheißdreck in Goldpapier«, hat mein Mann gesagt, als ich ihm das erzählt hab. Und er hat recht, sagt Maria, noch ganz erregt.

*

Das lässt sie nicht mehr los. Wie sehr sie sich wehrt. Einmal in einem Film gesehen. Immer wieder. Wie eine Ameisenstraße. Endlos die Reihe. Bis da, wo das Schneefeld übergeht in den Himmel.
»Russland ist weit. Darin verliert man sich. Eine alte Geschichte.«
Die Menschenkette bewegt sich ganz langsam, nur mühsam vorwärts. Die Köpfe mit Lumpen vermummt, nur noch die Augen frei, Lappen um die Füße gewickelt, in Fetzen die Mäntel: die Kriegsgefangenen. So viele Männer: Väter, Söhne und Brüder.
Auch ihr Mann?
Das wird sie nicht los.
Wie der Zug der armen Seelen ins Fegefeuer, denkt Cilla, aber da wenigstens aus der Kälte ins Warme, dann ins ewige Licht.
Und sie öffnet das Fenster.

*

– Das sind doch Welten!
– Wieso?
– Ein Blinder sieht das.
– Ich bin nicht blind.
– Hier auf der Straßenseite: neu gebaut und frisch verputzt und Glasbausteine. Da, auf der anderen: die alten Häuser, von denen bröckelt, blättert alles ab.

Hier Doppelfenster, Rollläden und Leichtmetall. Da gegenüber hängen morsche Fensterläden aus den Angeln.
Hier betoniert und ausgekehrt. Da drüben Mist, ein Autowrack und Gras und Büsche, Wildwuchs vor der Tür. Hier Mäuerchen, exakt gezogen. Da, schau nur, wie die Mauer aus Naturstein auseinanderbricht und Moos und Unkraut wuchern in und aus den Fugen.
– Was ist dir lieber?
– Mir? So einfach ist das nicht. Sagt Georges zu seiner Frau.
Fürs Auge sicherlich die Seite mit den alten Häusern. Da bin ich aufgewachsen. Aber auch da wohnen? Ich weiß nicht. Komm, geh'n wir weiter!

*

Der Lehrer gleiche nicht einem Raubvogel,
der Eier aus einem Nest holen will,
worin noch keine gelegt sind.
(Pestalozzi)
Ruft Philipp Hautz quer durch den Raum und winkt ihr mit seinem Tischkärtchen zu und lacht. Oder faule, oder Kuckuckseier, sagt sie sich.

Komisch. Ein unbeschriftetes Kärtchen auf Elis Platz, der Frau des Fotografen, Erichs Patin. Doch. Nur innen nach außen geknickt. Jetzt:
Der Mann glaubt zu wissen,
aber die Frau weiß es besser.
(Chinesisches Sprichwort)
Nicht dumm, die Chinesen, nicht dumm.

Beim Fotografen fehlt das Kärtchen. Vielleicht macht er gerade draußen ein Foto von sich mit Kärtchen und Kopf.
Jetzt kann sie einige Plätze überspringen. Die Kärtchen kennt sie schon.
Mensch, wirst du nicht ein Kind,
so gehst du nimmer ein,
wo Gottes Kinder sind,
die Tür ist gar zu klein.
(Angelus Silesius)
Für Jacqueline hätte das heute morgen bitter wahr werden können. Diese beiden Narren mit ihren Autos. Da hat das Kind Glück gehabt. Sonst wäre es eingegangen durch die kleine Tür, wo Gottes Kinder sind.

Mit Naserümpfen übergeht sie den Platz von Jacquelines Vater. Ein Narr, der Diersdorfer Walter. Der hat sein Fett. Murmelt sie.
Auch Isabelles Kärtchen fehlt. Wer weiß, wer weiß, was darauf steht ...

Nur noch Oma und Opa Ney und das Kärtchen des Herrn Pastor. Aber, so hat sie gesehen, der hat es lange in der Hand gehalten, betrachtet, nichts gesagt, dann eingesteckt. Ob er es wieder hingelegt hat?
Nein. Da liegt kein Kärtchen.
Das Alter wägt und misst es.
Die Jugend spricht: so ist es.
(Platen)
Für Opa Ney.
Ein junges Alter ist gut.
Eine alte Jugend taugt nichts.
(Sprichwort)
Für Oma Ney.
Was das bedeuten soll? Ob Oma Ney das herausbekommen hat. Sie selbst, aufs erste Lesen versteht sie das nicht. Aber, man muss nicht alles verstehen. Sagt Thérèse und für sich.

*

Die Decke
wie sie laufen dünner dicker
die Risse
auseinander
zusammen
sich treffen
Beine könnten so sein
dann weiter der Leib
ohne Arme
der Kopf
keine Arme der Körper
Elis blinzelt, bis sich die Beine bewegen, der Kopf.

*

– Weißt du noch, einmal im Monat die Oper?
– Mit dem alten VW-Bus hin. Ohne Konviktsdirektor. Das war das beste dran.
– Großstadt. Große Oper!
– Große Oper! Steht einer da und singt: ich gehe, ich gehe!
– Du bist aber immer mitgefahren.
– Doch nicht wegen der Oper. Zugabe war die.

– Für dich.
– Für die meisten.
– Leider.
– Leider? Du bist doch nachher auch mitgegangen.
– Und?
– Also.
– Aber mich hat vor allem die Oper gereizt.
– Aber nachher Nutten kucken doch auch!
Sagt Erich.
– Schon.
Murmelt Issi und wirft den Stummel über die Straße.

*

– Hej! Schau mal:
Zündhölzer eine Schachtel,
zwei Kerzen,
Bindfaden eingeknäuelt,
ein Bleistiftstummel,
ein Notizblock,
Briefmarken zu sechzig und zu achtzig Pfennigen, irre!
Ein Zehnmarkschein,
ein Zehnfrancschein,
Sicherheitsnadeln drei aneinandergehängt
verschieden groß,
ein rotes Messer mit silbernem Kreuz drauf,
ein Taschenspiegel rund,
Kreide ein Stückchen,
eine Trillerpfeife,
Klebstreifenrolle durchsichtig,
Klebstreifenrolle blau,
echt irre!
Verbandstoff eine Rolle,
eine Packung Tempotaschentücher,
Tabletten gegen Kopfschmerzen,
ein Tigerbalsamdöschen,
Heftpflaster verschiedene Formen,
Schuhriemen schwarz ein paar,
die Nadel steckt im Zwirn,
Mann, endlich! Die Schere!
Sagt Äinschi und packt alles wieder in das Blechkästchen, auf dem »Crêpes à dentelles, les délicieuses, marque deposée, Tanguy« in

Gelb und Weiß auf Blau geschrieben steht. Und wirft es wieder in die schwarze Ledermappe.
– Mein Alter. Sein »Überlebensdöschen«, sein Kästchen »Allzeitbereit«. Sagt sie zu Mäck und schnippt schon mit der Schere:
– Hej Mann! Jetzt an die Bürste ran!

*

Wir waren einmal bei einer Hochzeit. Ein bisschen verrückt, die Hochzeitsgesellschaft. Fast nur junge Leute. Aber uns hat es Spaß gemacht, zu kochen für die. Alles ganz locker. Uns hat's gefallen. Und denen auch. Von Anfang an schon. Vor der Messe war das Brautpaar, wie üblich, zum Fotografen. Von da bis zur Kirche war es nicht weit. Also sind sie zu Fuß gegangen. Die Leute auf der Straße sind stehen geblieben, haben gegrüßt – und gelacht. Die Hochzeitsgäste in der Kirche, als das Brautpaar feierlich zum Altar schritt, lachten auch. Auch der Pastor, als das Paar nach der Messe wieder feierlich hinaus schritt. Von der Kirche bis zur Wohnung war es auch nicht weit. Und da das Wetter mitspielte, spazierte die Hochzeitsgesellschaft zum Haus. Allen voran das Hochzeitspaar. Die Leute lachten hinter dem Hochzeitszug her. Dann kamen sie zur Wohnung. Ich stand, wie immer bei einer Hochzeit, mit dem Tablett mit den Schnapsgläsern an der Tür. Fast hätte ich das Tablett fallen lassen, so musste ich lachen, als der frisch gebackene Ehemann mir den Rücken zudrehte. Da stand er und hatte den Rücken hinunter Wäscheklammern im Anzug! Er sah aus, es gibt so ein Tier mit gezacktem Rücken. Seine Frau hat es schließlich gemerkt, es ihm gesagt, aber auch gelacht. Nach dem ersten Ärger, so in der Kirche gekniet, so durch die Straßen gezogen zu sein, auch er. Herauskam: Der Fotograf hatte, damit der geliehene Anzug besser saß für das Foto, den Rücken mit Wäscheklammern gestrafft, sie aber abzumachen vergessen. Und keiner, weder der Fotograf, noch einer aus der Hochzeitsgesellschaft, noch der Pastor, noch einer der Leute auf der Straße hat es dem Bräutigam gesagt. Nur gelacht haben alle. Sagt Martha zu Leonie. Ich auch.

*

Ihr Traum: nach Russland. Die Gräber der Brüder, der Männer der Schwestern. Und wo er ist. Tot oder lebendig Vermisst. Ihr Mann. Einmal dort gewesen zu sein.
Ihre Angst: Gottlos sind die. Hassen die Kirche. Verfolgen die Gläubigen. Das hat sie gelesen. Kein Problem, hat der Lehrer gesagt, kein Problem.
Und hat ihr Prospekte besorgt: Flug, Hotel, Dolmetscher, Reisegesell-

schaft. Und nicht so teuer, wie sie gedacht hat. Auch nicht so weit. Aber, will sie wirklich dahin, fragt sich Cilla und schließt das Fenster.

*

– Pass auf, das ist doch nass!
– Unglaublich!
– Was?
– Hier: der Grenzstein.
– Im Straßengraben?
– Das siehst du doch.
– Und?
– Ein alter Grenzstein. Hier
– Mach dich nicht schmutzig!
– Ich bitte dich! Schau dir das an: achtzehnhundertunddreißig. Vor hundertfünfzig Jahren gesetzt. Und jetzt in den Straßengraben geworfen! Unglaublich.
– Pass doch auf! Deine Hose.
– Ich bitte dich. Siehst du, ein D, und hier –
– Da hast du's, die Hose!
– Das ist doch nur Lehm. Siehst du, ein F.
Deutschland und Frankreich. Die beiden Seiten.
Und hier oben, die Linie, schräg rüber, der Grenzverlauf. Einfach weg, in den Straßengraben.
– Nun komm schon da raus!
– Schade, dass er so schwer ist.
Sagt Gauthier:
– Aber ein Foto mach ich davon, Madeleine, mit dir.
– Ich bitte dich, doch nicht in dem Dreck!

*

Das Fenster
geschlossen warum nicht geöffnet
nur einen Spalt weit
die Fliege
wie sie surrt
wieder und wieder
gegen das Glas stößt
wie sie als Kinder mit flacher Hand Fliegen verfolgten
gegen das Glas gedrückt
kurz das trockene Knacken
dann das Innere rausschoss
verschmier mir die Fenster nicht

hört Elis die Mutter fährt hoch
raus muss sie raus!
*
Rings die Mauern aus Muschelkalkstein.
Mitten in der Wiese: das weiße Pferd.
Diese Ruhe.
Und »Indien«, der auf der Mauer sitzt, hebt die Geige aus dem Etui, stimmt sie, beginnt zu spielen. Die Augen geschlossen, sieht er das weiße Pferd, wie es herantrabt, dicht vor ihm stehen bleibt. Er fühlt die Nähe. Öffnet die Augen: kein Pferd. Auch nicht in der Mitte der Wiese. Weit drüben füttert es einer. Der kommt jetzt.
– Schön haben Sie gespielt.
Sagt er, und:
– Das Pferd bekommt bei mir das Gnadenbrot.
*
– Mensch, Typ, das ist mein Job! Das reiß ich jeden Tag ab! Jahrelang schon. Hej! Nur keine Angst. Du wärst der erste, dem ein Schnitt von mir nicht passt. Dafür hab ich 'nen Blick. Dein Kopf, da gibt's nur eins: den Irokesen. Das hab ich auf den ersten Blick gewusst. Hej, Mann, halt still. Bleib ruhig sitzen. Scharf sieht das aus. Wo sonst die Nullen ihren Scheitel ziehn, wächst dir jetzt eine Bürste.
Du klopfst den Bass, hast du gesagt. Echt stark. Da steh ich drauf. Das geht so durch und durch. Echt Spitze, wie du aussiehst. Nur noch im Genick. Dann bist du top. Die fallen nachher alle flach, wenn die dich sehen. Wetten?
Und Äinschi bläst die Haare von Mäcks Ohren, schüttelt das Handtuch aus über das Gartenbeet, gibt Mäck noch einen Kuss auf seinen Irokesenschnitt und pfeift dann durch die Finger.
*
– Wegmachen. Ausrotten. Und zwar radikal.
– Weshalb?
– Eine Krankheit.
– Das stimmt doch nicht.
– Doch, doch. Wie die Pest: diese Misteln.
– Übertreib nicht.
– Schau dir die Bäume an, auf eurer Seite: Ruinen!
– Du übertreibst. Wir ernten soviel Obst wie ihr. Nicht mehr und auch nicht weniger.
– Aber wie lange noch!
– Solange wie ihr auch.

– Klar. Wenn ihr nichts dagegen macht, können wir machen was wir wollen! Bei euch fressen die Amseln die Mistelbeeren, bei uns da setzen sie sie ab.
– Wenn Habicht und Sperber besser geschützt wären, nähmen die Amseln nicht so überhand!
– Egal.
– Was meinst du, sollen wir nun machen?
– Abschneiden. Ausmerzen. Mit Stumpf und Stiel.
– Das wäre doch mit Kanonen auf Spatzen geschossen!
– Wieso? Die Bäume gerettet. Schön sauber.
– Wenn die Bäume nicht übermäßig befallen sind, stört sie die Mistel weniger als der Floh den Hund. Außerdem gehört die Mistel hierher. In diese Landschaft.
Sagt Robert.
– Mich stört sie nicht.
– Aber mich. Und wie!
Gibt ihm Walter zurück.
– Walter, Walter, du hast nur noch Autos im Kopf!
Lacht Jacques.
– Quatsch. Was hat das damit zu tun?
– Viel.
Sagt Jacques.
– Sehr viel.
– Schaut mal, der Segelflieger!
Zeigt Grand-pierre:
– Wie der pfeift!

*

Wir waren einmal auf einem Leichenschmaus.
Irgendein Anstreichermeister war beerdigt worden. Ein häufig vorkommender Name. Ich weiß noch, jemand kam in die Küche und sagte: drei Gedecke mehr! Das kommt vor, dass sich einer verzählt. Obwohl, diese Leute, die führen Liste. Die wissen vorher, wer kommt und wer nicht. Das ist auch gut so. Danach können wir uns dann richten. Also drei Gedecke mehr. Und wie das so geht, auch eine Beerdigungsfeier ist eine Feier. Da wird gegessen, geredet, getrunken. Der Anstreichermeister war nicht mehr der jüngste gewesen. Er hatte seinen Teil schon gelebt. Da fällt die Trauer schnell ab. Und Stimmung kommt auf. Das haben wir oft erfahren. Als müssten die Leute beweisen, dass sie noch leben. Lachen und Weinen ineins. Auf einmal hören wir, da hält einer eine Rede. Auf den Verstorbenen. Bricht ab. Und ein Gelächter, als sei

bunter Abend, kein Leichenschmaus. Ich gehe ins Zimmer und frage den, der anfangs in die Küche gekommen war, was los ist. Die drei Gedecke mehr, die sind auf der falschen Beerdigung, sagt er und lacht. Das hätten sie jetzt erst bei der Rede gemerkt. Die seien hier fremd. Abgeordnet. Morgens, in der Eile, hätten sie in der Stadt nur nach dem Friedhof gefragt, nicht auf den Stadtteil geachtet. Und da der Name gestimmt habe, seien sie an das Grab. Gerade noch rechtzeitig, den Kranz niederzulegen. Und jetzt erst, bei der nachgeholten Rede hätten sie gemerkt: sie sind auf der falschen Beerdigung. Nicht beim Drucker der Zeitung, von der sie kämen, sondern beim Anstreichermeister mit gleichem Namen. Stadt und Name und Tag und Uhrzeit hätten gestimmt, nur der Friedhof nicht. Aber jetzt seien die drei hier und würden auch bleiben.
Tot ist tot, sagt Rosa, das kratzt nur die, die leben, noch.

*

Viel zu früh. Wenn überhaupt. So ein Geschenk. Vielleicht gar nicht für Jeanne und Erich gedacht? Könnte es sein, dass der Lehrer? ... Aber weshalb so auf einmal? Vielleicht, weil Erich und Jeanne – und er nachzieht. Die Hochzeit auch ihn angeregt hat. Aber woher sollten die drei das wissen? Das Geschenk ist von den Musikern, hat sie gefragt. Wenn sie zurückdenkt, lange ist das her, sie war noch ein junges Mädchen, dass sie mit Töpfen, Deckeln, Schellen und Hupen am Abend losgezogen sind, Charivari schlagen:
»Ein junger Mann, ein altes Weib,
die haben den Teufel feurig im Leib!«
Ins Nachbardorf. Eine Witwe hatte wieder geheiratet. Und es gab Schnaps und Schinkenbrote. Völlig in Vergessenheit geraten, dieser Brauch. Aber vielleicht wird er wieder lebendig, wenn der Lehrer ... Das wäre doch eine Gelegenheit, denkt Marie und stößt die Teufelsgeige kräftig auf, dass es vom Fernsehzimmer durch das ganze Haus hallt.
– »Nachdem der Bräutigam die Nachricht erhalten, daß seine Braut unter Beihilfe ihrer Freundinnen den hochzeitlichen Schmuck angelegt habe, so eröffnet er mit seinen Freunden, unter Vortritt einer Musikbande, den Zug nach dem elterlichen Hause der Braut. Die Thür des letzteren ist bei der Ankunft des Bräutigams verschlossen. Der Zug des Bräutigams macht vor diesem Hause halt. Hierauf öffnet eine alte Frau die Thür' und fragt, was man wolle? Der Bräutigam sagt: ›Ich suche und begehre meine Braut.‹ Die Alte erwidert mit anscheinender Freude: ›Ich bin Ihre Braut.‹ Da der Bräutigam aber dagegen protestiert, so

schließt die Alte auch wieder die Thüre. Die Musikanten spielen von neuem. Nach einer Pause öffnet sich die Thüre wieder, und es tritt ein anderes häßliches Weib hervor. Man sucht die Häßlichkeit durch eine Maske und andere Zuthaten recht auffallend zu machen. Die früheren Fragen und Antworten wiederholen sich, sowie auch die Abweisung und der Thürschluß. Es beginnt die Musik wieder. Endlich öffnet sich die Thüre von neuem, und die geschmückte Braut tritt weinend hervor und hält ein weißes Taschentuch vors Gesicht. Der Bräutigam ruft: ›Ah, es ist meine Braut.‹ Er schreitet auf dieselbe zu, erfaßt sie bei der Hand und drillt sie, d. h. er hebt seine Rechte und die der Braut hoch und leicht empor und läßt die Braut, gleichsam an seinem Finger, sich dreimal herumdrehen.

Während die Braut das thut, spricht der Bräutigam: ›Wo ich Mann bin, da bist du Frau, und wo du Frau bist, da bin ich Mann.‹ Hierauf beginnt der Zug nach der Kirche. Auf dem Kirchhofe, welcher die Kirche umgibt, angekommen, gehen der Bräutigam, die Braut und die Freunde und Freundinnen auf die Gräber der verstorbenen nächsten Anverwandten und beten drei Vater unser und Ave für die Seelenruhe derselben. Es fließen dabei nicht selten aufrichtige Thränen kindlicher Liebe und Dankbarkeit. Man nennt dieses Betreten der Gräber ›Zu Gaste laden‹. Danach ordnet sich der Zug wieder. Dieser schreitet zuerst um die Kirche und dann in dieselbe, wo die kirchliche Trauung vorgenommen wird.«

Der Lehrer schließt das Buch.
– Vor hundertfünfzig Jahren war das hier noch Brauch. Und heute? Nichts mehr wie früher.
– Außer dem Essen.
Sagt Oma Ney. Und Opa Ney:
– Es ist schon wieder gedeckt: Kaffee und Kuchen.

Kapitel V

Der Bettler hat den Hund gebissen, hurra.
Der Bettler hat den Hund gebissen.
Drei Lämmer, die haben den Wolf zerrissen, hurra, hurra, sisa.

(»Verkehrtes Lied«)

– Wo ist Jacqueline?
– Bin ich die Mutter?
– Aber der Vater.
– Stimmt. Beim Kaffee war sie doch da. Da hat sie gesessen. Auf ihrem Platz. Und zwei große Stücke Apfelkuchen gegessen.
– Und dann? Wo bleibt sie?,
regt sich Isabelle auf:
– Draußen wird es schon dunkel. Pierre und Paul sitzen auch längst am Tisch.
– Vielleicht auf der Toilette. Bevor du dich aufregst, schau nach!
Sagt der Diersdorfer Walter und leert sein Schnapsglas:
– Frauen! Nur Ärger. Nie Ruhe.

– Nicht da.
– Vielleicht zuhaus. Du weißt doch, wie sie ist. Nie auf fremde Toiletten. Und von hier ist es ein Katzensprung.
– Trink nicht soviel!
Sagt Isabelle und ist schon unterwegs. Und der Diersdorfer Walter lässt sich noch einen Zwetschg einschenken:
– Wie weich der läuft! Der hat seine Zeit. Und gut gebrannt. Nur einen kleinen noch. Schnell, bevor sie zurückkommt!
Da ist Isabelle schon da. Außer Atem:
– Auch nicht zuhaus! Deine Mutter hat Jacqueline weder gesehn noch gehört.
– Vielleicht –
– Vielleicht, vielleicht, vielleicht!
– Vielleicht weiß Pierre, oder Paul –
Schon steht Isabelle hinter Pierre:
Hast du Jacqueline gesehen? Weißt du, wo sie ist? Pierre schüttelt den Kopf.
– Ja!
Ruft Paul: sie sucht ihren Charly Brown. Einen neuen. Hat sie gesagt.
– Walter, hast du's gehört! Jacqueline sucht einen neuen Hüpfstein.
– Na und?
– Schau raus!
– Komm, setz dich. Ganz ruhig.
– Es ist bald dunkel. Und du sagst: ganz ruhig! Wenn du nicht gehst, geh ich.
– Wohin denn?
– Jacqueline suchen.
– Und wo?
Sie sucht einen neuen Hüpfstein!
Gottverdammt! Reine Erholung. Früher. Noch Runden gedreht. Wenn Halbzeit war. Verrückt, Walter. Hört er noch. Die von der Mannschaft. Verrückt. Rennt 'rum. Ruh dich aus! Gottverdammt! Jetzt, die paar Meter. Und ausgepumpt.
Vorgebeugt, an den Knien die Hände, die Beine, als sehe er zwischen ihnen hindurch der Strecke nach, die er gelaufen ist, steht er da. Auf der Straßenmitte. Keucht.
Von wegen. Im Nullkommanichts. Und gesund. Das treibt den Alkohol aus den Poren. Hat er gedacht. Und das Herz in den Kopf. So schlägt es hinter den Schläfen. Schon beim Laufen. Der Bauch. Bierbauch. Sagt Isabelle. Auf und ab. Mit jedem Schritt. Kaum Luft mehr.

Gottverdammt! Spielend leicht. Damals. Vom Dorf zum nächsten. Vom Dorf bis zur Mühle. Immer gelaufen. Ein alter Mann. Gut, dass ihn keiner sieht. Geht er jetzt. Schwerfällig. Langsam. Die Seitenstiche. Den Schweiß wischt er sich aus dem Gesicht. Zittert dabei. Weshalb rennt er hier? Weshalb sitzt sie jetzt nicht am Tisch! Wie Pierre und Paul. Weshalb muss er sie suchen?! Charly Brown. Einen neuen Charly Brown! Deshalb. Unten am Bach. Bei der Mühle. Die Brücke. Das ist ihr Platz. Aber nicht, wenn es dunkel wird. So spät. Da hat sie zuhaus zu sein. Und er atmet durch. Geht wieder schneller. Unterdrückt die Seitenstiche. Mit dem Auto wäre er schon wieder zurück. Aber er wollte laufen. Die Frühlingsluft. Den Alkohol raus. Die Zigaretten. Dass er so außer Form ist, hat er sich nicht gedacht. Herrgott, der Schreck!
Am Brückenpfeiler das Auto: Zusammengepresstes Blech. Vor einer Woche. Vom nächsten Dorf zwei: Ein Junge, ein Mädchen. Und beide tot. Herausgeschweißt mussten sie werden. Da hat er Glück gehabt. Heute morgen. Nur Lackschaden. Und eingebeult.
– Jacqueline! Jacqueline!
Und er tastet sich neben der Brücke zum Bach hinunter.
– Nein.
Mit beiden Füßen steht er im Wasser.
Herrgott, so hoch ist das Wasser gestiegen!
– Jacqueline! Jacqueline!
Und auf der Straße, am Bach entlang, beginnt er, trotz nasser Füße, zu laufen.
Eine Vogelscheuche, aufgebläht, Männerkleider, nur ohne Hut, in den Weiden am Bach hing sie, hatte er einmal gesehen, vom Auto aus, auf dem Weg zur Arbeit frühmorgens, aufgeblasen vom Wind, in die Weiden getrieben, hatte er gedacht.
Eine Wasserleiche, vom Hochwasser angeschwemmt, hatte er aus der Zeitung dann später erfahren.
– Jacqueline!Jacqueline!
Herrgott, keinen Schnaps mehr. Kein Bier. Heute nicht. Und morgen nicht. Und die nächste Zeit nicht mehr! Wenn ihr nichts passiert ist.
Und er bleibt stehen. Kurz nur.
– Jacqueline!Jacqueline!
Und weiter. Die nassen Füße scheuern. Er stöhnt. Läuft. Ruft. Bleibt stehen. Ihm dreht sich alles vor Augen. Schlecht ist ihm. In den Straßengraben übergibt er sich. Und wie er den Kopf hebt, sieht er, unten am Bach, zwischen den Weiden – das rosa Kleidchen.

– Jacqueline!
Und durch die Wiese zum Bach. Da sitzt sie. Auf der Anglerbank. Zitternd. Und er hebt sie hoch. Drückt sie an sich.
– Aber mein Kleid ist schmutzig. Mein Kleid ist schmutzig.
Weint sie.
– Das macht nichts. Nichts. überhaupt nichts.
Und er trägt sie nachhaus.
– Wo
– Frag nicht!
– Wieso?
– »Sie sucht einen neuen Hüpfstein!«
– So lange?
– Angst hat sie gehabt. Angst.
– Wovor?
– Vor dir.
– Vor mir?
– Vor dir.
– Weshalb?
– Ihr Kleidchen.
– Ihr Kleidchen?
– »Mein Kleid ist schmutzig. Mein Kleid ist schmutzig. Sag Mama nichts!«
– Wo ist sie?
– Schläft schon. Bleib. Meine Mutter ist da. Heiße Milch mit Honig hat Jacqueline schon bekommen.
– Und du?
– Ich hab keinen Hunger.
– Rinderrollbraten, Schweinerollbraten, Kalbsrollbraten. Dazu Salzkartoffeln und grünen Salat!
– Ich hab keinen Hunger. Keine Angst! Auch keinen Durst.

Höret allesamt, was ich euch erklär!
Wo kommet denn der Ehstand her?
Merket auf mit Fleiß!
Er kommt von keinem Menschen nicht,
Gott hat ihn selber eingericht.
Im Paradeis, im Paradeis.

Als Gott den Adam hat erschaff',
so gab er ihm gleich einen Schlaf,

tut ihm nicht weh.
Er nahm eine Rippe aus seinem Leib,
macht ihm daraus Eva zum Weib.
Setzt ein die Eh', setzt ein die Eh'.

Und der Ehstand ist ein festes Band,
dieweil er durch des Priesters Hand
muss gebunden sein.
Drum sollt ihr stets denken dran,
dass nur der Tod auflösen kann,
der Tod allein, der Tod allein.

Der Ehstand ist eine harte Buß,
dieweil man soviel leiden muss
durch Kreuz soviel.
Man muss sich stets ergeben drein,
man muss geduldig und gehorsam sein,
solang Gott will, solang Gott will.

Ein Bitt' hab ich, ihr Hochzeitsgäst'.
Dass ihr die Brautleut' nicht vergesst.
Und seid so gut!
Dass wir mit Andacht für sie beten,
dass sie den Ehstand recht antreten,
und halten gut, und halten gut.

Und ich gratulier euch, Brautsleut.
Ich wünsch euch Frieden allezeit.
Bis in den Tod.
Ich wünsch euch den Frieden allezeit.
Und nach dem Tod die Glückseligkeit.
Die gibt euch Gott, die gibt euch Gott.

– »Der Ehestand«, ein Lothringer Volkslied. Ruft Issi in das Nachspiel von Geige und Bass. – Aus »Verklingende Weisen«, zwei Bände. Ergänzt Philipp Hautz:
von Louis Pinck in den zwanziger Jahren gesammelt und herausgegeben.
– Sehr gut, Herr Lehrer, sagt Erich, und kriegt von Jeanne einen Tritt. Und wie ein Ansager:

– Neu in Noten gesetzt und gespielt von Issi und seinen Musikern. Beifall!
– Der mit dem Bass. Das fällt mir erst jetzt auf. Die Kleiderbürste auf den Schädel geschraubt. So steht der aus. Das war beim Mittagessen noch nicht.
– Nicht so laut!
Zischt Isabelle Walter zu.
– Wenn er so spielt wie er aussieht!
– Wo ist Jacqueline?
Unterbricht Paul.
– Schon im Bett.
– Im Bett? Jacqueline ist schon im Bett!
Läuft Paul zu Pierre.
– Da gehört ihr auch hin. Ihr zwei. Ins Bett. Droht Leonie.
– Heute ist Hochzeit. Du hast gesagt, wir bleiben auf!
Wehrt sich Pierre.
– Aber nicht übertreiben. Nicht übertreiben!
– Versprochen ist aber versprochen!
– Pssst!
Und Robert legt den Zeigefinger auf seinen Mund. Deutet dann auf den Lehrer, der mit dem Kugelschreiber gegen sein Weinglas schlägt. Sich jetzt langsam erhebt. Schulhefte liegen vor ihm. Auf der Tischdecke wirken sie schmutzig-grau.
– Liebes frisch vermähltes Ehepaar, liebe Hochzeitsleute! Wie lange habe ich diese Hefte nicht mehr in der Hand gehabt! Damals, ich war noch jung, sehr jung, haben sie mir Kraft gegeben und Halt. Mein Kriegstagebuch. Damit ihr seht, wie gut es uns heute geht
– Reimt sich, leimt sich!
Flüstert Erich Jeanne ins Ohr.
– Lese ich euch jetzt daraus vor. Ein paar Passagen habe ich ausgewählt. Die sich auf diese Gegend hier beziehen. Die Namen habe ich damals alle abgekürzt. Verständlich. Aus Vorsicht.
Und mit weitausholender Geste wirft der Lehrer die Haarsträhne, die ihm übers Auge gefallen ist, zurück.
– Dass euch das erspart bleibt! Die Hochzeit heute, hier, sehe ich als Zeichen dafür. Er nimmt ein Heft und schlägt es auf. Nickt leicht:

– 1939.
August. Große Ferien. Urlaub am Bodensee.

25. August.
Teilmobilmachung.

26. August.
Abbruch Urlaub. Heimfahrt. Überall Truppenansammlungen. Truppentransporte. Die große Frage: Krieg? Zu Hause finde ich bereits den Stellungsbefehl vor.

27. August. Sonntag.
Im Morgengrauen fahre ich mit der Bahn nach L. Der Abschied von der Familie ist schwer gefallen. Ich komme als Panzerjägerreservist zum PAK (Panzerabwehr-) Zug des III. Bataillons des Grenzinfanterieregimentes 125.

– Pack. Pack. Richtiges Pack. Murmelt Grand-pierre. Thérèse, die Augenbrauen hochgezogen, schaut ihn an. Von der Seite.

28. August.
Ab 14.00 Uhr steht unser Bataillon abmarschbereit. Wohin? Bei herrlichem Sommerwetter fahren wir in Kolonne, langsam und dicht hintereinander, von L. nach R. Wo wir in einer Kirche Quartier machen. Unser gesamter Kfz-Bestand rekrutiert sich aus requirierten Fahrzeugen, die einen grauen Tarnanstrich erhalten.

29. August.
Wir sind vereidigt worden. Der Bataillonskommandeur, Oberstleutnant A., hat eine kurze Rede gehalten. Wir wissen, dass die nächsten Tage, ja, Stunden, die Entscheidung bringen müssen. Krieg? In aller Eile werden wir Reservisten mit unseren Geschützen vertraut gemacht.

1. September.
Die Entscheidung fällt. Einmarsch in Polen. Krieg! Schon fahren an unserem Quartier endlose Kolonnen von Landsleuten vorbei, die ihre Heimat verlassen müssen. Viele Frauen und Kinder mit Tränen in den Augen. Wir winken ihnen zu. Wir haben erhöhte Alarmbereitschaft.

Grand-pierre, das Kinn auf der Brust, die Arme verschränkt, schüttelt den Kopf. Thérèse hat ein Auge auf ihn.

Um 15.00 Uhr verlassen wir mit unbekanntem Ziel R. Durch L., das unzählige Flüchtlinge aufgenommen hat, fahren wir nach P. Nördlich davon werden wir in Bunker eingewiesen. Das also sind sie: die geheimnisumwitterten Bunker, streng bewacht, die wir bisher nur vom Sagen kannten!

1. und 2. September.
Bunkerleben. Schicksalstage. Wird es ein zweiter »Kartoffel-Krieg«? Wie bei der Sudetenkrise? Oder wird Frankreich uns diesmal den Krieg erklären? Die Gerüchte überstürzen sich.

3. September.
Sonntag auf Montag. Voll Unruhe. Alle äußerst gespannt. Wir liegen wach auf unseren Bunkerpritschen.

4. September.
Morgens 1.30 Uhr die Nachricht: Frankreich und England haben den Krieg erklärt. Also doch!
Von vier bis sechs Uhr schiebe ich Wache. Gegen fünf wird es hell. Dichte Regenwolken. Was wir alle erwarten, tritt nicht ein. Der Franzmann schießt nicht. Warum nicht? Es wird Mittag. Es wird Abend. Er schießt nicht! Dienstag, Mittwoch, Donnerstag, Freitag – kein Schuss. Eine harte Nervenprobe. Aber dann: Samstagvormittag. Urplötzlich taucht ein zweimotoriges französisches Flugzeug im Tiefflug auf. Wir schießen aus allen Gewehren. Einige vergessen, ihre Mündungsschoner abzunehmen.
Ab da: feindliche Flieger, vereinzelte Geschützfeuer, und auch schon Verwundete. Wie ein Fanal steht eines Morgens eine Rauchfahne am Horizont. Ein Haus hat einen Volltreffer erhalten.

18. September.
Bataillonsbefehl: Einweisung in unsere neuen Stellungen – an die Grenze! Wie eine Bombe schlägt das ein! Wir, ausgerechnet wir Reservisten, sollen an die Front! Dorthin, wo seit Tagen Vorfeldkämpfe entbrannt sind!
Der Lehrer stockt. Räuspert sich. Grand-pierre schaut auf.

19. September.
Wir fahren in Kolonne, diesmal in gehörigem Abstand voneinander, über D. und W. nach G. Die Orte sind menschenleer. In G. Rast bis zur Dämmerung. Fast sämtliche Häuser sind vermint. Einige schon

zerstört. In der Nähe hören wir MG-Feuer. Dann die Einschläge feindlicher Granatwerfer und Artillerie. Wir fahren unsere sechs 3,7 cm Panzerabwehrkanonen in Stellung. Ich werde zum sechsten Geschütz eingeteilt. Auf eine Anhöhe.

Grand-pierre klopft mit dem Fuß. Auf der Unterlippe kaut er. Wie ihm die Stirnader schwillt, sieht Thérèse. Und tritt ihm auf den Fuß.

20. September.
Heute haben wir Quartier bezogen. Ein einzeln stehendes Haus zwischen unserer Geschützstellung und der feindlichen Front. Kurz darauf gibt es »Zunder«. Ein eigenes Maschinengewehr beschießt das Haus, gerade, als ich es verlasse. So schnell bin ich noch nie mit der Nase im Dreck gelegen! Dann schickt der Franzmann Grüße. Teils Artillerie, teils Beschuss durch Granatwerfer. Besonders der Frontabschnitt links von unserer Stellung wird eingedeckt.

26. September.
Der Franzmann hat unser Quartier entdeckt. Wahrscheinlich am Rauch. Gegen Abend: Rratsch ... bumm, Rratsch ... bumm. Granatwerfer. Verdammt! Die sitzen nah. Wie der Blitz verlassen wir im Wechsel von Hinlegen und Aufmarschmarsch das Haus. Plötzlich: eine riesige Rauchwolke hüllt das ganze Tal ein. Nachdem wir uns vom Schreck erholt haben und der Franzmann eine Feuerpause macht, sehen wir: Volltreffer. Das Haus ist nur noch ein Trümmerhaufen. Wir suchen eine neue Bleibe.

3. Oktober.
Genau acht Tage später. Genau um die gleiche Zeit: Rratsch ... bumm. Wieder sind wir das Ziel. Wir rennen über die Straße in ein massives Kellergewölbe. Eine geschlagene Stunde kracht es um uns herum. Dann stellt der Franzmann das Feuer ein. Und wir verlassen wieder das Haus. Kreidebleich kommt ein Kamerad: im Erdgeschoss des Hauses lagern haufenweise Panzerabwehrgranaten!

Rrratsch ... bumm: Grand-pierres Faust auf den Tisch, dass Gläser und Flaschen hüpfen.
– Schluss! Schluss damit! Feindliche Front, Alarm, Granaten, Volltreffer, Franzmann! Noch nicht genug! Immer noch nicht?! Heute ist Hochzeit!

– Aber –
– Kein »Aber«, fährt Grand-pierre Georges an. Kein »Aber«.
Und laut, sogar Thérèse erschrickt:
Vorbei! Das ist vorbei! Aus und vorbei! Wer will, dem zeig ich, was davon bei uns noch übrig ist. An der Stallwand. Draußen. Ein deutscher Stahlhelm. Mit Stiel. Angeschweißt. Zum Jaucheheben. Ja. Zum Jaucheheben.
Rrratsch ... bumm: Holz auf Holz: Rrratsch ... bumm! Opa Ney, vorgebeugt, schlägt mit seinem Stock auf den leeren Stuhl zwischen Thérèse und Oma Ney. Diese Seite, die andere, dazwischen das Niemandsland, fährt es dem Lehrer durch den Kopf.
– Jauche. Ja. Jauche!,
überschlägt sich Opa Neys Stimme:
In die Töpfe, die Kochtöpfe habt ihr uns geschissen! Bei der Besatzung. Pack! Keine Kultur! Kein Klo gekannt!
Nach jedem Wort fast der Stockschlag.
Grand-pierre ist aufgesprungen. Thérèse auch. Grand-pierre schreit sie an:
Muss ich, muss ich mir das bieten lassen?!
Pack! Keine Kultur!
– Geschissen! In die Kochtöpfe! Ihr uns! Schreit Opa Ney dagegen:
Aber Jaucheheber! Aus deutschen Stahlhelmen! Das passt!
Grand-pierre stößt seinen Stuhl zurück. Thérèse fällt ihm in den Arm. Opa Ney hat den Stock im Anschlag. Oma Ney die Hände vor ihrem Gesicht. Ein Glück, dass der Pastor nicht mehr da ist, denkt Cilla.
– Das hab ich nicht gewollt, stammelt der Lehrer:
– Das hab ich nicht gewollt. Erich grinst.
– Grins nicht!
Faucht Jeanne ihn an:
– Das ist unsere Hochzeit!
Der Fotograf hat seinen Fotoapparat am Auge. Blitz. Festgehalten. Der Augenblick: Wie Grand-pierre sich losreißt und auf Opa Ney zustürzen will. Als sei die Szene schon Foto: alle erstarrt. Erich löst sich als erster. Er winkt Issi: Musik!
Sie führen die Braut wohl aus ihrem Haus,
da laufen ihr die schwarz-braunen Äugelein aus.
Vidirum, vidirum, vidiradiridirum,
vidi ridi raderidirum bum bum.
– »Brautlied«. Zum Tanzen! Platz genug!
Ruft Issi in die Zwischenmusik. Und drückt das Akkordeon.

Jacques mit Jeanne. Georges und Marie. Yvonne den Robert. Leonie:
– Paul, Pierre! Höchste Zeit! Ab ins Bett! Sagt noch gute Nacht!
Und sie tanzt mit den Kindern zur Tür hinaus. Thérèse zu Grandpierre:
– Komm! Frische Luft tut uns gut!
Und sie folgen den Dreien. Madeleine mit Gauthier. Oma Ney hält Opa Neys Hand. Der hält noch immer den Stock. Walter die Isabelle. Äinschi und August. Der Lehrer mit Elis. Die vier aus der Küche und Cilla stehen in der Tür und schauen und schunkeln. Nur Erich sitzt da. Allein.
Sie führen die Braut in die Kirche hinein.
Ein jeder sprach: Wer die Braut möchte' sein?
Vidirum, vidirum, vidiradiridirum,
vidi ridi raderidirum bum bum.
Jeanne, wie verliebt, an Jacques' Schulter. Georges, der geübte Tänzer, wirbelt Marie. Madeleine, hölzern, eine aufgezogene Puppe, dreht sie Gauthier. Walter schiebt Isabelle. Äinschi macht, an August vorbei, Mäck, dem Bass, schöne Augen. Opa Ney stößt jetzt den Takt mit dem Stock. Oma Ney klopft ihn auf Opa Neys Hand. Der Lehrer und Elis bedächtig und langsam. Das ist nicht richtig, denkt Cilla, dass Erich da sitzt. Allein. Und sie bringt die vier A's aus dem Schunkeln.
Sie führen die Braut in den vordersten Stuhl.
Alle, alle Jungfern, die schauen ihr zu.
Vidirum, vidirum vidiradiridirum,
vidi ridi raderidirum bum bum.
– Wechseln!
Und Issi zieht das Akkordeon.
Jeanne geht zu Erich. Jacques und Marie. Georges zu Yvonne. Robert Madeleine. Gauthier schaut nach Äinschi. Die steht bei Mäck und sagt ihm etwas ins Ohr. Der nickt. Walter hält Isabelle. Gauthier jetzt bei Elis. Der Lehrer mit Cilla. August zu Anna, die winkt zuerst ab, tanzt dann aber doch.
Sie führen die Braut an den hohen Altar.
Ihr Bräutigam reicht ihr ein Ringlein schon dar.
Vidirum vidirum vidiradiridirum
vidi ridi raderidirum bum bum.
Sie führen die Braut dann wiederum heim.
Ein jeder sprach: Wär' die Braut doch nur mein!
Vidirum vidirum vidiradiridirum

vidi ridi raderidirum bum bum.
– Wechseln! Wechseln!
Und Issi spielt einen Lauf.
Walter zu Jeanne:
– Frau Hautz
– Beaumont-Hautz
– Frau Beaumont-Hautz wie geht's? Wie fühlt man sich so, Jeanette?
– Es geht. So so.
Blech und Scheppern.
– Radau aber rhythmisch.
Sagt der Lehrer zu Anna:
Die Teufelsgeige. Schau einer an! Augusts Tochter.
Und Äinschi lacht mit Mäck und macht mit der Teufelsgeige das Schlagzeug.
August zu Cilla:
– Fehlt mir nicht noch ein Foto? Ein Kopfbild
mit Spruch?
– Ach was, nicht von mir.
– Wieso nicht? Wieso nicht von Ihnen?
Robert zu Leonie:
– Sind Paul und Pierre schon im Bett?
– Ja. Aber aufgeregt. Nicht zu beruhigen.
– Verständlich. Wegen vorhin. Die beiden Alten. Wie Kinder.
– Schlimmer. Viel schlimmer!
Georges zu Elis:
– So traurig? Heute ist Hochzeit. Wir feiern!
Jung wie wir sind!
Und Elis versucht ein Lächeln.
Jacques mit Madeleine.
– So ungehobelt. Nur Krach!
– Hauptsache ist, man kann darauf tanzen!
Lacht Jacques.
Erich und Isabelle:
– Nicht so schnell! Nicht so schnell! Spar dir was auf für die Gattin!
– Da ist noch genug, glaub mir. Nur keine Angst!
– Ich und Angst? Vor wem denn? Vor was?
Sie führen die Braut an den mittersten Tisch,
und tragen ihr auf gebackene Fisch.
Vidirum, vidirum, vidiradiridirum
vidi ridi raderidirum bum bum.

Gebackene Fisch und roter kühler Wein!
Heute Nacht schläft die Braut schon nimmer allein.
Vidirum, vidirum, vidiradiridirum
vidi ridi raderidirum bum bum.
– Wechseln! Wechseln! Wieder wechseln! Jetzt jeder mit seiner!
Ruft Issi. Und zu den Musikern:
Schnell! Schneller!
Erich Jeanne. Jacques Marie. Lehrer Cilla. August Elis. Georges Yvonne. Robert Leonie. Anna Maria. Martha Rosa. Gauthier Madeleine. Walter Isabelle.
Heut trägt die Braut einen neuen, neuen Hut.
Übers Jahr hat sie kein Lust und auch kein Mut.
Vidirum, vidirum, vidiradiridirum
vidi ridi raderidirum bum bum.
Heut trägt die Braut ein neues, neues Kleid.
Übers Jahr hat sie kein Lust und auch kein Freud.
Vidirum, vidirum, vidiradiridirum
vidi ridi
– Tölpel! Dieser Bauerntölpel!
Madeleine bückt sich, reibt sich den Knöchel.
– Was?!
Der Diersdorfer Walter bleibt stehen.
– Nicht nur nicht Autofahren. Auch Tanzen nicht!
Sagt Gauthier.
– Wer?
Fragt der Diersdorfer Walter.
– Du! Immer zusammenstoßen!
– Noch ein Wort und wir stoßen zusammen!
Der Diersdorfer Walter reckt sein Kinn vor:
Und der verkleidete Stock hier.
– Er meint mich, Gauthier, mich!
Madeleine ist empört.
– Ja, dich, du Vogelscheuche! Du aufgeputzte!
Auch der Diersdorfer Walter ist böse.
– Gauthier, hörst du das! Hast du das gehört!
Stößt ihn Madeleine.
– Hast du das gehört, Gauthier?,
äfft der Diersdorfer Walter sie nach:
Hörst du das?
Und er schlägt mit der Faust in die hohle Hand:

Du Null! Du Furz!
– Gauthier, tu was! Tu was, Gauthier!
Gauthier ist angewurzelt. Starr. Bis auf die Unterlippe. Die zittert.
– Schlappschwanz! Du Schlappschwanz!
Schreit Madeleine und stürmt hinaus.
Die Musik hat aufgehört. Alle stehen da. Einen Augenblick Stille.
Da geht kein Engel durchs Zimmer, denkt Erich.
Plötzlich Blitzlicht!
– Verdammt! Muss das sein?!
Herrscht Georges den Fotografen an. Während die anderen sich langsam an die Hochzeitstafel begeben – frische Getränke, Gespräch – bleiben Georges und Gauthier noch, wo eben der Tanz war.
– Geh ihr nach! Komm mir nicht ohne sie unter die Augen!
Und Georges schiebt seinen Sohn zur Tür.
Gauthier steht auf der Straße. Im Licht der Neonlaterne sieht er: Nichts! Die Straße ist leer.
– Madeleine! Madeleine!
Ruft er leise. – Nichts. Keine Antwort.
Ihn fröstelt. Den Mantel hat er im Auto. Das steht vor dem Haus von Thérèse und Grand-pierre. Zum Teufel! Madeleine hat den Schlüssel. Aber vielleicht ist zufällig eine Autotür offen. Und Gauthier versucht die Tür vorn an der Fahrerseite. Da sieht er sie. In den Rücksitz gekauert.
– Madeleine.
Und er zieht an dem Türgriff. Verriegelt!
– Mach auf!
Keine Antwort.
Auch die anderen Türen verschlossen. Jetzt lauter:
– Mach auf! – Nichts.
Und er klopft gegen die Scheibe. Härter.
Unbeweglich. Wie nicht lebendig, sieht er, sitzt sie da.
– Mach auf! Mach endlich auf!
Schreit Gauthier. Madeleine schüttelt langsam den Kopf.
Das genügt. Ein Stück Stahlrohr. Liegt gut in der Hand.
– Zum letzten Mal. Mach auf, Madeleine!
Und wieder schüttelt sie langsam den Kopf. Da schlägt er zu. Die Scheibe splittert. Gauthier wirft das Stück Stahlrohr weg. Fasst durch die zackige Öffnung, zieht die Verriegelung hoch, reißt die Tür auf, sitzt neben ihr.
– Du bist verrückt. Völlig verrückt! Verrückt!
Kreischt Madeleine und ohrfeigt ihn mit beiden Händen.

Da schlägt er zu. Mit der Faust. Ihr ins Gesicht. Und wieder. Und wieder.
– Hell draußen.
Sagt Erich zu Jeanne.
Madeleine hat eine dunkle Brille auf. Gauthier strahlt. Er führt Madeleine zu ihrem Platz an der Hochzeitstafel. Georges nickt:
– So, mein Sohn, Prost!
– Darauf trinkst du?
– Das ist meine Sache, Marie!
– Darauf bist du noch stolz?
– Marie, kümmere dich.
– Du hast allen Grund!
– Marie!
– So klein.
Und sie macht mit Daumen und Zeigefinger eine Winzigkeit vor.
– Marie, ich bitte dich!
– Aber der Sohn, der soll –
– Was?
– Der Frau zeigen, wer der Herr
– Genau. Ganz genau!
– Mit der Faust?
– Jetzt reicht es, Marie!
– Mir nicht. Ich seh dich noch vor mir: So klein. Ein Jammerlappen. Und Claudine –
– Bitte, Marie, bitte!
Fällt Yvonne ein.
– Gut. Ist schon gut. Nur, so geht das nicht: Draufschlagen und meinen, das ist der Mann! Noch stolz darauf sein!
Und wo wir schon einmal dabei sind: Wir sind vom Dorf. Du spielst den feinen Herrn. Bauerntölpel sind wir. Aber so dumm, wie du glaubst, Georges, sind wir nicht. Wir lesen auch Zeitung. Oft sogar zwei am Tag. Ein Glück. Sonst wären wir nie dahintergekommen:
Alternativ leben!
Leben auf dem Land.
Attraktiver Bauernhof.
Schön gelegen. Günstig zu verkaufen. Angebot. Telefon.
Georges trommelt nervös mit den Fingern die Tischkante entlang.
In der einen. In der anderen Zeitung:
Zu kaufen gesucht:
Bauernhäuser. Bauernhöfe.

Gleich, welcher Zustand.
Auf der einen Seite kaufst du. An die andere verkaufst du. So wird das gemacht. Bei uns den Leuten einreden, wie runtergekommen, wie unrentabel ihr Hof ist, denen drüben anpreisen: attraktiv, alternativ, günstig! Mit zwei Zungen reden. Da warst du schon immer gut! Seine Heimat verkaufen! Du weißt, wie der heißt, der hat das für dreißig Silberlinge gemacht. Du bekommst mehr. Oder nicht? Der feine Herr.
– Woher weißt du?
– Ach, Georges! Kämst du öfter nachhaus, dann wüsstest du: wir haben inzwischen hier nicht nur elektrisches Licht. Auch Telefon. Ich habe anrufen lassen. Von uns und von drüben. Verkauf und Kauf. Da staunst du, die Tölpel, die Bauerntölpel. Vom Dorf. Der feine Herr: Die Heimat verkaufen. Geschäfte machen damit!
– Das ist meine Sache, Marie!
– Nein, nein. Da hängt mehr dran, mehr als du denkst!
– Blödsinn! Das ist doch Blödsinn! Wird Georges jetzt laut.
Erich gibt Issi Zeichen: Sing! Spiel! Schnell! Aber der zeigt zurück: zwei Finger. Der dritte Mann fehlt. Mäck ist weg. Und das Schulterzucken: ich weiß nicht, wo er steckt.
Trotzdem, gestikuliert Erich, Musik! Jetzt, jetzt!
Issi nickt. Und schnallt das Akkordeon vor.
»Indien« greift zur Geige.

Und als der Mann von der Reise kam,
– Eins, zwei drei –
Da standen Reiterpferde da.
– Eins, zwei drei –
»Ach liebe Frau, was ist hier,
was tun denn die Pferde hier?
Ei, sag es mir!«
»Milichküh sind es ja,
deine Mutter schickt sie dir, ja, ja.
Milichküh sind es ja,
deine Mutter schickt sie dir.«

»Milichküh mit Sättel?
O Wind, o Wind, o Wind,
ich bin ein betrogener Ehemann,
wie's noch viel Männer sind.«
Alle!

Aber kaum einer singt mit. Issi wiederholt:
– Alle!
Jetzt singen sie mit. Fast alle:
O Wind, o Wind, o Wind,
ich bin ein betrogener Ehemann,
wie's noch viel Männer sind!
Und als der Mann in den Hausgang kam,
– Eins, zwei, drei –
Alle
– Eins, zwei, drei –
da standen Reiterstiefel da.

Und Issi singt nicht, aber die anderen:
– Eins, zwei, drei –
Da steht der Fotograf in der Tür. Winkt. In der
Hand ein Foto. Schwenkt es. Wie ein Marktschreier:
– Das ist es! Das ist es! Das Sofortbild! Schnappschuss: Die Versöhnung im Garten!
Issi bricht ab. Aber Erich deutet ihm: Weiter.
– »Ach liebe Frau, was ist hier,
was tun denn die Stiefel hier?
Ei, sag es mir.«
Der Fotograf reicht Erich das Foto über den Tisch. Und durch die Hände als Trichter flüstert er:
– Du wirst es gleich sehen: Gauthier und Madeleine!

– »Milchkannen sind es ja,
deine Mutter schickt sie dir, ja, ja.
Milchkannen sind es ja,
deine Mutter schickt sie dir.«

Erich und Jeanne sehen zu, wie sich das Sofortbild entwickelt.

– »Milchkannen mit Sporen?
O Wind, o Wind, o Wind,

In den Refrain hinein beginnt Erich zu lachen, dass es ihn schüttelt:
– Was wahr ist beim Licht der Lampe, ist nicht immer wahr beim Licht der Sonne!
Der Fotograf lacht mit. Jeanne schaut eisig. Sie will Erich das Foto aus

der Hand nehmen, aber der hält es fest. Gibt es jetzt weiter an Jacques. Der schaut, schüttelt den Kopf, lacht dann aber auch. Auch Marie:
– Der Lauscher an der Wand!
Sagt sie.
Erst als Georges Gauthier das Foto hinüberreicht, begreift der Fotograf:
– Das Foto!
Nackter Hintern, Hose und Unterhose in den Kniekehlen, drückt der Irokese Äinschi, die, die Augen weit auf, ihm über die Schulter direkt in die Kamera blickt, gegen einen Baumstamm.
Der Fotograf will zur Tür. Da steht Äinschi da. Hinter ihr Mäck. Der Fotograf streckt seiner Tochter das Foto entgegen:
– Was, zum Teufel, wie siehst du aus?
– Das weißt du doch! Du Spanner! Du miese Type! Einen Schlagbolzen sollte man dir in die Kamera bauen! Der nach hinten losgeht, wenn du abdrückst! Du Monster! Du Freak!
– Ich halte das nicht mehr aus! Ich halte das nicht mehr aus!
Schluchzt Elis, den Kopf in die Arme vergraben.
An ihrem Vater vorbei läuft Äinschi zur Mutter. Beugt sich über sie, umarmt sie, streicht ihr über die Haare.
Erich nickt Issi zu, der die Augen verdreht. Dann aber doch wieder aufspielt. Jetzt zu dritt.
– Und als der Mann in die Küche kam,
– Eins, zwei, drei –
da hingen Reitersäbel da.
– Eins, zwei, drei –
»Ach Frau, was ist hier,
Was tun denn die Säbel hier?
Ei, sag es mir!«
Erschrocken schaut Jeanne zur Tür. Aber es ist nur Rosa, die Wein bringt. Und hinter ihr Thérèse und Grand-pierre, die sich wieder an die Hochzeitstafel setzen.
»Brotmesser sind es ja,
deine Mutter schickt sie dir, ja, ja.
Brotmesser sind es ja,
deine Mutter schickt sie dir.«
»Brotmesser in Scheiden?
O Wind, o Wind, o Wind,«
– Zusammen!
Ruft Issi und wiederholt:

O Wind, o Wind, o Wind
Und sie singen mit. Außer dem Fotografen, der den Fotoapparat in die Mappe gepackt hat und jetzt auf Äinschis Platz sitzt. Äinschi, neben ihrer Mutter, hat den Arm um sie gelegt, summt mit.
Opa Ney klopft wieder den Takt. Grand-pierre hat der Spaziergang gut getan. So sieht er aus: beruhigt. Madeleine singt mit, auch wenn ihr das zugeschwollene Auge schmerzt dabei.
Ich bin ein betrogener Ehemann,
wie's noch viel Männer sind.
Issi:
Und als der Mann in die Kammer kam,
Alle:
– Eins, zwei, drei –
Issi:
Da hingen Reitersmäntel da.
Alle:
– Eins, zwei, drei –
Und Erich lacht.
– Was gibt es wieder zu lachen?
Fragt Jeanne.
– Wie die Sprüche wahr werden!
– Das finde ich eher traurig.
– Ach was.
– Elis hat Recht. Ich halte es auch kaum mehr aus.
Sagt Jeanne.
– Wieso?
– Da fragst du noch? Alles ist schiefgegangen bis jetzt.
– Aber nein.
– Doch, doch!
– So ist das Leben, Jeanne.
– Keine Sprüche mehr. Bitte!
– Das ist kein Spruch. Tatsache ist das.
– Erich
Und sie legt ihre Hand auf seine Hand.
– Ja?
– Ich will weg hier. Weg, weg, weg!
– Aber ja.
– Versprichst du's mir?!
– Aber ja.
– Versprochen ist versprochen.

Ganz leise hat Jeanne das gesagt:
Und wehe, du hältst dein Versprechen nicht!
– Aber Jeanne!
Und Erich stimmt in den Refrain mit ein:
O Wind, o Wind, o Wind!
Ich bin ein betrogener Ehemann,
wie's noch viel Männer sind.
Und als der Mann in die Stube kam,
– Eins, zwei, drei –
da liegen Reitersmänner da
– Eins, zwei, drei –
– Mein lieber Mann! Meine liebe Frau!
Wirft Georges ein:
Gleich drei!
Alle lachen. Auch Issi. Singt dann aber weiter:
»Ach liebe Frau, was ist hier,
was tun denn die Männer hier?
Ei, sag es mir!«
»Wickelpuppen sind es ja,
deine Mutter schickt sie dir, ja, ja,
Wickelpuppen sind es ja,
deine Mutter schickt sie dir.«
»Wickelpuppen mit Schnurrbärt?
O Wind, o Wind, o Wind.«
Singen alle jetzt. Ohne Issi. Der hat auch zu spielen aufgehört.
»Ich bin ein betrogener Ehemann,
wie's noch viel Männer sind.«
schaut auf Paul, der im Schlafanzug, zitternd, dasteht, weint. Jetzt sieht ihn Leonie, läuft zu ihm hin. Nimmt ihn auf den Arm. Paul stammelt ihr etwas ins Ohr. Leonie:
– Robert, Robert!
Der ist jetzt bei den beiden. Auch ihm weint Paul etwas vor, dass Robert ruft:
– Jacques! Grand-pierre! Schnell!
Die springen auf. Auch der Diersdorfer Walter. Robert ist schon draußen. Auch Leonie, Paul auf dem Arm. Jetzt laufen Erich, Marie, Georges und Gauthier nach draußen.
Über die Straße. Schon zu riechen: da brennt was. Was da schreit, schrill, durchdringend:
Kaninchen!

– Pierre!
Mit einem Stallbesen schlägt Pierre in das Feuer. Der Kaninchenstall ganz in Flammen. Die unteren Türchen schon offen. Kaninchen im Hof. Hoch, gellend ihre Töne. Versengtes Fell. Hoppeln sie hierhin, dahin.
– Wasser!
– Wo?
– Aus der Küche!
– Eimer!
– Der Schlauch!
– Reicht nicht hin. Eimer!
Marie stößt das Küchenfenster auf.
– Eine Kette! Schnell!
– Hier!
Und sie reicht Jacques einen Eimer mit Wasser, der weiter an Georges, weiter an Walter, der an Gauthier, der Erich, Robert: ins Feuer!
– Den nächsten!
Grand-pierre steht, Pierre an sich gedrückt, neben Leonie, die Paul auf dem Arm hat, der immer noch weint:
– Die Kaninchen! Meine Kaninchen!
– Ich wollte sie doch nur füttern! Nur füttern!
Schluchzt Pierre.
– Ja, mein Junge.
Sagt Grand-pierre:
Ja.
– Die sind wie verrückt!
– Lass sie doch raus!
– Ich komm nicht mehr ran!
– Versuch's!
Ein Windstoß reißt die Flammen hoch. Robert springt zurück.
– Vorsicht!
– Die Funken!
– Das kann gefährlich werden.
Sagt der Lehrer, der sich mit Jeanne und den restlichen Hochzeitsgästen in den Hofeingang drängt.
– Die Feuerwehr!
– Bis die kommt!
– Wie das riecht!
– Versengt.

– Verbrannt.
– Die armen Tiere. Schrecklich!
– Diese Schreie!
– Halt dir die Ohren zu.
– Wie viele?
– Achtundzwanzig.
– Mir wird schlecht.
– Schau nicht hin.
Marie füllt Eimer um Eimer. Die Kette funktioniert. Aber das Feuer scheint kaum kleiner.
– Morsches Holz. Brennt wie Zunder.
– Und das Stroh.
– Die Dachpappe.
– Aber weil es so dunkel war. Da hab ich die
Kerzen geholt. Und auf einmal hat alles gebrannt!
Pierre hält sich fest an Grand-pierre.
– Ja, mein Junge. Was passiert ist, ist passiert.
– Sind alle tot?
Fragt Paul Leonie.
– Nein, nein.
– Da! Es fängt an zu regnen! Große Tropfen!
Ruft Jeanne.
– Glück im Unglück!
– Gott sei dank!
– Es regnet.
Dicht fällt der Regen jetzt. Die Gäste im Hofeingang beeilen sich, zurück ins Trockene zu kommen. Nur der Lehrer bleibt stehen.
– Wir gehen ins Haus!
Sagt Grand-pierre zu Pierre. Zu Paul:
Du auch.
Der Regen wird stärker. Der Regen hilft sehr.
Zischend zieht sich das Feuer langsam zusammen.
Flackert kurz wieder auf. Wird kleiner. Ist jetzt
fast erloschen.
– Der letzte Eimer!
Noch einmal die Kette.
– Der Rest für den Regen!
Die Männer, durchnässt, verlassen langsam den
Hof.
– Jetzt wird der Durst gelöscht.

Sagt Erich.
– Jacques, Robert!
Ruft Marie:
Und die?
Sie zeigt auf ein Kaninchen, vor ihrem Fenster, das auf dem Rücken liegt, zuckt.
Jacques schüttelt den Kopf:
Ich kann das nicht.
– Meinst du ich?! Aber einer muss es machen! Sagt Marie.
– Aber allein. Keine Zuschauer! Und Robert packt den Jaucheheber, Stahlhelm mit Stiel, der an der Hofwand lehnt.
Mitten auf der Straße, im Mairegen, der den Häuschenmann wegwischt, die Lehmspuren abwäscht, steht der Lehrer, den Kopf geneigt, als fänden die Töne, die Worte so besser Eingang ins Ohr, hört er aus dem Hochzeitshaus:
Der Hafer, der hat das Pferd verzehrt, hurra!
Der Hafer, der hat das Pferd verzehrt,
drum ist das ganze Land verkehrt, hurra, hurra, sisa.
– »Verkehrtes Lied.« Ja. Verkehrte Welt.
Sagt er.

Die Hochzeitsleute

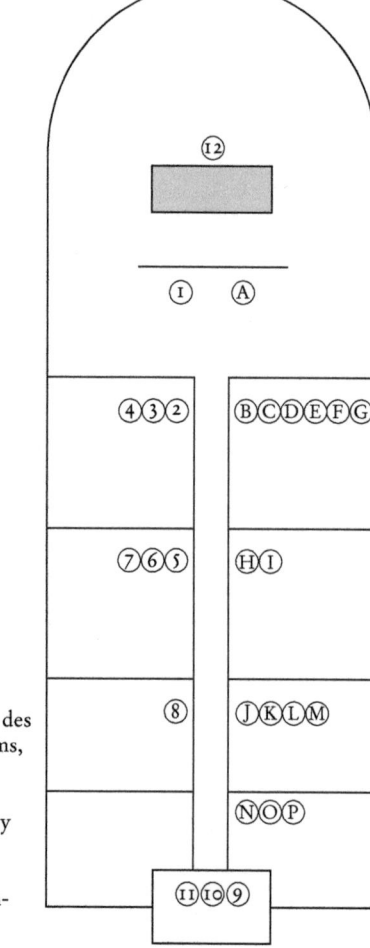

1 Erich Hautz
  (Bräutigam)
2 Philipp Hautz
  (Vater des
  Bräutigams)
3 Christian Ney
  (Opa Ney,
  Großvater des
  Bräutigams)
4 Anna Ney
  (Oma Ney,
  Großmutter des
  Bräutigams)
5 August Gerard
  (Pate des
  Bräutigams)
6 Elis Gerard
  (Patin des
  Bräutigams)
7 Äinschi Gerard
  (Tochter von Elis
  und August)
8 Cilla Bau
  (Haushälterin
  des Lehrers)

9 issi   ⎫ (Freunde des
10 Mäck   ⎬ Bräutigams,
11 Indien ⎭ Musiker)

12 Pastor Claude Vigy

13 Anna   ⎫ (kochen
14 Maria   ⎬ zur Hoch-
15 Martha ⎨ zeit. Die
16 Rosa   ⎭ vier A's)

A Jeanne Beaumont
  (Braut)
B Marie Beaumontc
  (Mutter der Braut)
C Jacques Beaumont
  (Vater der Braut)
D Robert Beaumont
  (Bruder der Braut)
E Leonie Beaumont
  (Schwägerin der Braut,
  Roberts Frau)
F Pierre Beaumont
  (Sohn von Robert
  und Leonie)
G Paul Beaumont
  (Sohn von Robert
  und Leonie)
H Therese Fontaine
  (Großmutter der Braut)
I Grand-pierre Fontaine
  (Großvater der Braut)
J Georges Fontaine
  (Pate der Braut, Onkel)
K Yvonne Fontaine
  (Frau von Georges)
L Madeleine Fontaine
  (Gauthiers Frau)
M Gauthier Fontaine
  (Sohn von Georges)
N Isabelle Diersdorfer
  (Jeannes Freundin)
o Walter Diersdorfer
  (Isabelles Mann)
P Jacqueline Diersdorfer
  (Tochter von Isabelle und
  Walter Diersdorfer)